Nanni Bordeaux, Jahrgang 1969, schreibt unter Pseudonym und arbeitet seit 30 Jahren als freiberufliche Print- und Fernsehjournalistin. Sie lebt in Hamburg und Schleswig-Holstein. „Motteneier" ist ihr erster Roman.

Nanni Bordeaux

Motteneier

© 2020 Nanni Bordeaux

Umschlag, Illustration:
Nanni Bordeaux, Wolfgang Nenz

Lektorat, Korrektorat:
Nanni Bordeaux, Wolfgang Nenz und Lilly

Verlag & Druck: tredition GmbH, Halenreie 40-44, 22359 Hamburg

ISBN
978-3-347-30859-6 (Paperback)
978-3-347-30859-2 (Hardcover)
978-3-347-30859-9 (e-Book)

Für Wolfgang Nenz und Oskar

Motteneier Teil I

Kapitel 1

Die Luft war wie Koks. Schärfte meine Sinne. Die Natur setzte all ihre Möglichkeiten ein, um mich an das größte Defizit in meinem Leben zu erinnern: Sex! Wer hätte das vor ein paar Jahren für möglich gehalten. Ich hatte irgendwann aufgehört, die Männer zu zählen mit denen ich im Bett gewesen war. Selbst mir erschien die Zahl unmoralisch. Obwohl: Als unverheiratete Frau konnte da im Laufe von fast dreißig Jahren schon ein kleines Sümmchen zusammenkommen. Zudem war ich eine Jägerin! Ich guckte mir einen aus, den ich attraktiv fand, und das Spiel begann! Zwischendurch hatte ich natürlich auch längere Beziehungen. Doch für den ganz großen Wurf hatte es nie gereicht. Der letzte Mann, den ich auserwählt hatte, war ein Tunichtgut. Ein Alkoholiker und Spinner, ich nannte ihn „Gigolini". Zunächst tat er mir leider ziemlich gut. Der Sex war göttlich. Nicht von dieser Welt. Ich verließ seine Wohnung stets mit verklärtem Blick und einem seligen Lächeln. Ich konnte den Moment der nächsten Vereinigung kaum erwarten. Zusammen mit „Gigolini" erreichte ich eine ungeahnte Daseinsstufe! Leider liebte er mich nicht als Mensch. Der Spruch: „Wenn Du sechs Kilo abnimmst, dann heirate ich Dich", war erst die Spitze des Eisbergs. Ich nahm „Gigolini" trotzdem mit in den Urlaub nach Südfrankreich, bezahlte Haus und Hof, und sank immer mehr in seiner Achtung. Um meiner Selbstwillen gab ich ihm den Laufpass. Aber ich vermisste den Sex....

Kapitel 2

Mein Name ist Josephine, genannt Jo, und ich bin Fernsehreporterin. Früher aus Leidenschaft – jetzt um Geld zu verdienen. Das Geschäft hatte sich in den vergangenen Jahren komplett gewandelt, quasi aufgelöst. Wurden wir früher mit einem roten Teppich begrüßt, konnten wir heute froh sein, überhaupt hinein gelassen zu werden. Es war ähnlich wie in meinem Liebesleben: Früher hatten die Männer Schlange gestanden – jetzt freute ich mich über einen durchgeknallten Narzissten. Oder Männer, denen ich schon auf den ersten Blick ansah, dass sie irgendwie schräg waren. So wie „Mr. Copy". Unsere erste Begegnung ging von mir aus: Ein Wellensittich war durch die offene Balkontür, an mir vorbei, ins Schlafzimmer geflogen. Dort hockte er auf der Gardinenstange bis ich mit „Gigolini" einen Vogelkäfig, samt Futter, aus dem nahegelegenen Tierheim organisiert hatte. Über Nacht kletterte der kleine Kerl brav in seine neue Herberge. Nun hatte ich tatsächlich einen Vogel. Da ich jedoch in den Urlaub nach Südfrankreich wollte – und mir Tiere in Käfigen ohnehin leidtaten – versuchte ich, den Besitzer zu ermitteln. Ich setzte einen Steckbrief auf, und suchte nach einer Möglichkeit, ihn zu vervielfältigen. An der Ecke gab es eine Verwaltungsagentur für Immobilien. Die hatten bestimmt einen Kopierer! Ich nahm mir ein Herz für me9inen kleinen

Freund, ging rein und fragte nach. „Mr.Copy" war so freundlich, mich 20 Kopien machen zu lassen. Wir redeten ein bisschen, und er verschwand aus meinem Leben wie der rechtzeitig nach Hause vermittelte Vogel. Unser nächstes Treffen sollte am Flughafen von Rom stattfinden.

Kapitel 3

Da das mit dem Fernsehen nicht mehr so lief, hatte ich mich für ein Drehbuchseminar in Italien angemeldet. Wenn schon – denn schon! Der Treffpunkt war Rom. Von dort aus würden wir per Bus, in die Berge, zum Tagungsort gebracht werden. Ich flog einen Tag früher, um auf jeden Fall rechtzeitig dort zu sein. Zwei Jahre lang war ich nicht mehr verreist. Dienstreisen, ja, aber nicht in den Urlaub oder ins Ausland. Die Tour mit „Gigolini" hatte mir jegliche Lust genommen. Ich hatte schon Sorge nie wieder irgendwo hinzuwollen oder in ein Flugzeug zu steigen. Doch das Drehbuchseminar versprach, Weiterbildung und italienische Lebensfreude zu vereinen. Zudem kannte ich Italien quasi überhaupt nicht. Gut – wir hatten mal eine Tutandenfahrt durch Italien gemacht. 1989. Im Frühjahr. Rom – Venedig – Florenz – Ravenna – Cesenatico. Alles in 10 Tagen. Mit dem Bus. Von Hamburg! Damals waren Flüge noch sehr teuer Wir hatten einen super Tutor, seines Zeichens Mathelehrer. Von der Geschichte des Landes habe ich nicht so viel mitgekriegt. Wir waren jung, verspielt und alberten mit den Jungs rum. Unser Lehrer machte mit. Die wirklich prägende Erinnerung an diese Klassenreise ereignete sich am Strand von Cesenatico: Ich kroch im Bikini auf meinen Tutor zu, als dieser bemerkte: „Sie haben ja auch Wolkenbeine! Sagt meine Frau immer…" Der Tag war gelaufen. Von seinem Klassenlehrer auf Cellulitis angesprochen zu werden, war ja wohl echt das Letzte. Immerhin brachte er mich durchs Abitur – Italien war für mich erst mal gestrichen, drei Kreuze.

Kapitel 4

Nun flog ich also wieder nach Italien. Wieder im Mai. Vierundzwanzig Jahre waren inzwischen vergangen. Rom stand noch und meine Cellulitis war auch noch da. Dass Rom noch stand empfand ich nicht als selbstverständlich. Hatte ich in meinem Leben doch schon Orte besucht, die es so nicht mehr gab: Das World Trade Center, New Orleans, die Mauer. Entdecken Sie Europa, so lange es noch geht! Doch auf die ewige Stadt war Verlass. Ich hatte einen super Flug obwohl der Kapitän Italiener war, eine ordentliche Bus-Shuttle-Anbindung und… ein scheiß Hotel! Es war eine Pension im Bahnhofsviertel. Zunächst wusste ich überhaupt nicht, wie ich diesen klapprigen, offenen, eisernen Fahrstuhl bedienen sollte. In französischen Filmen fand ich sie immer sehr charmant. Aber mich selbst da rein zwängen und den Käfig verschließen, war nicht meins. Im fünften Stock angekommen, musste mich der Nachtportier dann auch befreien, weil ich nicht wusste, wie ich aus dem Ding wieder rauskommen sollte. Es war 20 Uhr, meine Internetreservierung lag nicht vor, Rom schien ausgebucht. Ich sprach kein italienisch, der Portier kaum Englisch – also versuchten wir es auf Französisch. Ein Zimmer mit Bad gab es nicht mehr. Aber noch ein Mini-Zimmer. Dusche und Klo auf dem Gang. Ich war zu müde um weiterzuziehen und willigte ein. Das Zimmer brachte mich erst mal zum Lachen: Auf dem verschrammten Schreibtisch stand ein grünes Telefon wie zu guten, alten „Derrick"-Zeiten; über dem schmalen Bett hing „Das Abendmahl". Beim Gang aufs Klo, wo sich auch die die Dusche befand, verging mir selbiges jedoch sofort: Eine fette Kakerlake saß auf der Klobrille und betrachtete mich interessiert. Ich hatte meinen Darm seit Stunden nicht entleert, doch auf diese Brille würde ich mich nicht setzen. An duschen war gar nicht zu denken. Hier würde ich mich nicht nackig machen. Ich ging ins benachbarte Restaurant und nach einer guten, italienischen Pasta schlief ich tief und fest. Die Matratze war so hart wie ich es mochte.

Kapitel 5

Am nächsten Morgen gab es ein sehr süßes, übersichtliches Frühstück. Eingeschweißter Zwieback, Milchkaffee. Obwohl mir im Bad wieder eine Kakerlake über den Weg lief, beschloss ich, für die Übernachtung der Rückreise zu reservieren. Diesmal persönlich. Erstens hatte ich sehr gut geschlafen, zweitens hatte ich keine Lust, mir während des Drehbuchseminars Gedanken um meine Unterkunft zu machen und drittens gab es jetzt die Chance, ein Zimmer mit Bad zu bekommen. Der Vertrag wurde gemacht, und ich trollte mich in Richtung Bahnhof. Hier sollte ich meine Drehbuchtruppe treffen – das war der Grund, weshalb ich hier, „Termini", ein Quartier gesucht hatte. Kurze Wege – kein Stress, so war der Plan. Hatte doch wunderbar funktioniert. Ich setze mich in ein Café direkt gegenüber des Treffpunkts. Nirgendwo konnte italienisches Leben greifbarer sein: Menschen begrüßten sich stürmisch, verabschiedeten sich theatralisch. Es war der Bahnhof von Rom! Touristen quälten sich mit ihren Trolleys über die Pflastersteine. Es war laut, schwül und quirlig. Und ich war viel zu früh. Pünktlichkeit. Eine deutsche Tugend, die ich im Job noch optimiert hatte. Als Fernsehjournalistin galt es immer Zeiten einzuhalten: Treffen mit dem Team, Treffen mit den Protagonisten, Drehzeiten, Schnittzeiten, Sendetermine. Man konnte mich stets fragen, wie spät es wohl sei, und ich nannte die Tageszeit ohne Zeitmesser. Ich hatte eine Uhr verschluckt. Zudem kam ich immer lieber früher als zu spät. Warum sollte sich das in Rom ändern? Nur weil ich in Italien war?! Neben mich setzte sich eine sehr elegante Frau. Schickes Outfit, souveräner Auftritt, großer Koffer. Eindeutig deutsch. Ich linste zu ihr herüber. Ob sie wohl auch ein Kandidat für „Drehbuchschreiben in Italien" war? Oder eher für „Deutschland sucht den Superstar"?! Ich verharrte in meinem Ausguck und wartete die Zeit ab. Gegen zwölf verlangte ich die Rechnung und ging gespannt hinüber zum Busbahnhof. Neben einem VW-Bus hatte sich ein kleines Grüppchen gebildet.

Kapitel 6

„Drehbuchschreiben in Italien?" fragte ich vorsichtig. „Hallo!" Eine sehr schlanke, dunkelhaarige, aparte Schönheit reichte mir die Hand. „Ich bin Lisa und wer bist Du?" „Hi, ich bin Jo aus Hamburg!" „Super!" Dann sind wir ja fast vollzählig!" Ich sah nur Frauen. Auf einmal war die elegante Koffererscheinung aus dem Café neben mir. „Hey, ich bin Freya! Drehbuchschreiben in Italien?!" Der VW-Bus setzte sich mit fünf Frauen und einem Mann als Seminaristen in Bewegung. Da war meine Klassenfahrt von 1989 doch deutlich gemischter gewesen. Fünf Frauen plus einer weiblichen Seminarleiterin – wie sollte das denn gehen?! Wenn ich fürs Fernsehen drehte, legte ich immer großen Wert auf ein „Herrengedeck", soll heißen: Kameramann, Tonmann – weibliche Autorin. Funktioniert meistens reibungslos. Und jetzt das! Mein sexuelles Defizit würde ich hier sicherlich nicht ausgleichen. Gut, deswegen war ich auch nicht hier. Aber trotzdem! Konnte das gutgehen? Wir fuhren in die Berge hinein. Freya, die Kofferlady, fing ungefragt an, ihre Lebensleidensgeschichte zu erzählen. Sie war Politikerin gewesen. Ein hohes Tier im Saarland, dann hatte man ihr übel mitgespielt und jetzt war sie hier, weil sie nichts zu tun hatte. Vielleicht irgendwann ein Drehbuch über die ganze Sache schreiben wollte. Die Berge wurden immer beklemmender. Schließlich

kamen wir an einer Pension an einem Stausee an.
Obwohl wir herzlich begrüßt wurden, schnürte sich
mir die Kehle zu.

Kapitel 7

Abgesehen vom Essen – und die Mamma von Wirt Luigi kochte wirklich gut – gab es in der folgenden Woche kaum italienische Lebensfreude. Wir paukten, analysierten und kreierten was das Zeug hielt. Lisa wollte uns in einer Woche, so schien es, alles beibringen, was man wissen musste. Zudem war es kalt und regnerisch, unsere Zimmer waren klamm und das Seminar, das eigentlich unter freiem, italienischen Himmel stattfinden sollte, wurde nun in die Wohnstube von Luigi verlegt. Der Fernseher lief morgens, wenn wir zum Frühstück kamen und manchmal über Nacht, wenn der Wirt vor dem Gerät eingeschlafen war. Dann verriet nur ein heraushängendes Bein über der Sofalehne des aus Sichtweite umgedrehten Sofas, dass er den Weg ins Bett nicht mehr geschafft hatte. Die Heizung sprang über Tage nicht an, und ich hatte seit Hamburg nicht mehr heiß duschen können. Italienische Momente. Der einzige Mann, Adam, ging mir mehr auf die Nerven als die Mädels. Er referierte und fabulierte, dass es kaum auszuhalten war. Gott sei Dank gab es mittags schon Wein. Ex-Politikerin Freya entpuppte sich als echte Leidensgenossin. Sie trank, rauchte und lachte mit mir, und wir wurden gute Freundinnen, auch wenn ich ihre Lebensgeschichte inzwischen mitsprechen konnte. Lisa erzählte von ihrer Arbeit als Drehbuchautorin, und nach dem Seminar wollte wohl niemand mehr in ihre Fußstapfen treten. Auch ich hatte mir den Job irgendwie anders vorgestellt. Jetzt wusste ich: Mehr Arbeit und weniger Ruhm gab es kaum. Der Bus holte uns wieder ab, und als wir dem Tal entronnen waren ging es mir schlagartig besser. Nie zuvor hatte ich Beklommenheit in den Bergen empfunden. Im Gegenteil: Ich hatte die Ferien meiner halben Kindheit in Österreich verbracht. Jetzt war ich heilfroh, dass wir wieder Richtung Rom fuhren!

Kapitel 8

In Rom verflüchtigte sich die Gruppe recht schnell. Freya musste zum Flieger – Lisa hatte Termine. So verblieben Adam und ich. Der einzige Mann trank mit mir noch einen Kaffee im Café gegenüber des Treffpunkts „La Trombetta". Wir stellten fest, dass wir beide noch eine Nacht in Rom gebucht hatten. Ich in meinem Kakerlakenhotel, er unweit dessen. Wir verabredeten uns für den Abend. In meinem Hotel war zu nächst alles gut: Mit dem Fahrstuhl hatte ich umzugehen gelernt, mein Zimmer mit Bad war tatsächlich frei. Auf den ersten Blick schien sich keine Kakerlake in mein Zimmer verirrt zu haben. Ich öffnete meinen Koffer, prüfte die Matratze und freute mich auf eine Dusche. Ich ging ins Bad…und da war sie! Guckte mich genauso frech an wie beim letzten Mal! Mir lief ein Schauer über den Rücken. Sie oder ich. Aber diesmal, diesmal würde ich gewinnen! Ich fischte nach der Klobürste, ließ die Kakerlake drauf klettern und spülte sie im Klo runter. Ha! Ich spülte und spülte! Dann nahm ich endlich eine warme Dusche und traf mich mit Adam…

Kapitel 9

Adam kannte sich aus in Rom. Schnell waren wir in der Altstadt, an der „Piazza Navona", und ich fragte mich, warum ich nicht hier Quartier bezogen hatte. Adam bestellte gekonnt, zeigte mir den Tiber und den Petersdom und ich verstand, warum immer alle so von Rom schwärmten. Er war Schwabe, bayrischer Schwabe, und so teilten wir uns kein Taxi zurück nach „Termini", sondern nahmen die U-Bahn. Ich sagte Adam, wie gern ich in fremden Städten mit der U-Bahn fahren würde. Als ich mal einige Monate in Paris gelebt hatte, hatte ich die Metro geliebt. Adam stimmte mir zu und auf einmal fand ich ihn richtig nett. Wir nahmen noch einen Absacker in der „Trombetta" und ich erzählte ihm meine Lebensgeschichte...

Kapitel 10

Paris war eigentlich nicht geplant gewesen. Vielmehr hatte sich meine Mutter, nach meinem Abitur, ein Au-Pair-Jahr bei einem Ärzte-Ehepaar in Genf aus der Zeitung gesucht. Ich sollte deren kleine Tochter Ania betreuen. Nicht mal ein Jahr alt. Die Leute waren okay. Sehr ordentlich. Sehr gesettled. Ich hatte meine eigene Dienstbotenwohnung im Parterre, aber ich hatte nie viel mit Babys zu tun gehabt. Meine erste Panne passierte, als ich die völlig vollgeschissene Ania in Anwesenheit ihrer Eltern wusch: Ich vergaß die Vagina. Obwohl ich selbst eine hatte, wäre ich nie auf die Idee gekommen, dass man eben jene auch verkleben konnte. Das Ärzte-Ehepaar sah großmütig darüber hinweg, aber ich wusste von diesem Moment an, dass ich hier verkehrt war. Babys interessierten mich nicht! Ich war jung, hatte Abitur und wollte auf die Kacke hauen statt sie wegzumachen. Die nächste Woche verlief so, dass ich Ania tagsüber hütete und mir die Nächte in einer Genfer Diskothek um die Ohren schlug. Das Ärzte-Ehepaar war not amused. Ich suchte mir eine neue Au-Pair-Familie, aber auch dort hielt ich es nur eine Woche aus. Ihr Anwesen außerhalb Genfs erinnerte an die Southfork Ranch aus „Dallas". Es war tendenziell entspannter, aber sie hätten gern Liebe zu dritt gemacht. Auch nicht mein Ding. Mein nächster Arbeitgeber war ein arabisches Restaurant: Ich servierte Couscous in allen Variationen und hatte eine Kammer unter dem Dach. Eines Tages – und wir reden hier immer nur von Tagen – kam der Chef zu mir und sagte, er hätte mich gern als Mätresse. Ich könnte ein tolles Leben führen! Ich lehnte dankend ab, nahm meinen Salaire von vierhundert Franken und ging. Da stand ich nun. Zwei Koffer, eine Reisetasche und vierhundert Franken. Gott sei Dank hatte ich die Skier nicht mitgenommen. Ich war drei Wochen von Zuhause weg, hatte drei Arbeitgeber gehabt und war schwanger. Letzteres wusste ich zu diesem Zeitpunkt noch nicht. Ich wusste nur: Meine Eltern waren im Urlaub und dachten, es ginge mir gut. Und: Ich konnte, nachdem ich mich von allen tränenreich verabschiedet hatte, noch nicht wieder nach Hause…

Kapitel 11

Ich nahm den Zug nach Paris, weil ich da schon immer mal leben wollte. 1987 hatte ich im Skiurlaub mit meinen Eltern, einen Radiomoderator aus Paris kennengelernt: Gil! Ein sehr hübscher Kerl, très français und sehr sexy. Diese Affäre sollte mich fast meinen guten Ruf kosten. Verliebt wie ich war, wollte ich nur noch zu Gil! Ich war „La Boum"-geschädigt und dieser Mann versprach Abenteuer pur. Er arbeitete für „NRJ" – den Radiosender schlechthin. Um die Fahrt nach Paris finanzieren zu können zog ich mich aus. Ich war 17 und „Das schöne Mädchen von Nebenan". Mein Vater stimmte zu, ich zeigte ein wenig Busen und das wars. 800 Mark. Ein Vermögen. Ich fuhr mit dem Nachtzug nach Paris und mein Vater hatte große Mühe mich wieder einzufangen. Gil zeigte mir die französische Metropole und wir rannten die Stufen des Eiffelturms zu Fuß runter. Als ich anrief, um zu sagen, dass ich einen Tag später käme, drohte mein Vater mir mich „mit der Polizei" zurück zu holen. Ich kam brav nach Hause. Kurz darauf erschien mein Nacktfoto. Ein Skandal an unserem Gymnasium. Aber die heiße Ware war schnell vergriffen. Nun fuhr ich also wieder nach Paris. Diesmal wussten meine Eltern gar nichts.

Kapitel 12

Im Zug besuchte ich das Bistro. Wenn ich schon ins Nichts fahren würde, dann wenigstens nicht mit leerem Magen. Schließlich hatte ich vierhundert Franken! Am Tisch kam ich ins Gespräch mit einem älteren Herrn. Er sagte, er hätte ein Haus in Paris. Unbewohnt. Und dafür suche er noch eine weitere Concierge. Eine Hausmeisterin. Ich willigte ein, und wir fuhren mit dem Taxi in einen der teuersten Bezirke von Paris. Es war schon dunkel, als er ein schweres Tor mit Code öffnete und wir vor einem großen Stadthaus standen. Wir gingen in den Hof und das Tor schloss sich geräuschvoll. Außer uns schien niemand da zu sein. Außer uns wusste niemand, wo ich war schoss es mir durch den Kopf. Meine Eltern wähnten mich noch immer bei dem Ärzte-Ehepaar. Bei Anias vollgeschissener Windel. In Sicherheit! Wir betraten das Haus und ich dachte ich würde träumen: Es gab einen roten Salon, einen blauen Salon, diverse Gästezimmer. Ich bekam das rote Gästezimmer, mit Bad ensuite und goldenen Wasserhähnen. Wir wollten zusammen Essen gehen, aber weil ich so aufgeregt war, war ich schneller als er. Elan. So lautete sein Name. Ich lief die großzügige Treppe hinunter, wollte bei ihm klopfen aber die Tür stand offen. Und da stand er: Nackt! Und zog sich gerade die Unterhose an. Ich bekam einen riesigen Schreck und rannte die Treppe hinaus ins Freie. Keiner weiß, wo ich bin! Hämmerte es in mein Hirn. Niemand! Ich hatte Panik, konnte aber auch nicht raus, weil ich das Tor nicht bedienen konnte. Dann kam Elan. Er hatte offensichtlich nicht bemerkt, dass ich ihn nackt gesehen hatte. Wir gingen zur Hauptstraße, riefen erneut ein Taxi und aßen bei Sacre Coeur, weil ich es mir gewünscht hatte. Er wurde der entzückendste Arbeitgeber, den ich je haben sollte.

Kapitel 13

Außer mir gab es noch eine Hausmeisterin: Hannah. Sie war Dänin und ein wenig älter als ich. Hannah adoptierte mich vom ersten Tag an. Sie war cool, strukturiert und gab mir Geborgenheit. Sie deckte mich vor Anrufen aus der Heimat, als ich eine heimliche Abtreibung in Deutschland vornehmen ließ, weil ich meinen Eltern die Silberhochzeit nicht verderben wollte. Ich war „Little Jo". Das Haus war der Hammer: Es gab eine unbenutzte Dienstbotenküche, die genannten Salons, eine Bibliothek mit Geheimtür, und ein Penthouse. Dazu ein Garten und Terrasse. Unbezahlbar in Paris. Wir hatten alles für uns. Unsere Aufgabe bestand darin, alles sauber zu halten. Und zur Uni zu gehen. Dafür bekamen wir ein Gehalt und freies Wohnen. Es war das Paradies. Wenn Elan uns besuchte ging er mit uns Essen und machte uns Geschenke. Nach einem halben Jahr fragte ich mich, wie Elan das alles finanzieren konnte. Ich entwickelte Verschwörungstheorien und wurde manisch. Mein Vater tat das, was er drei Jahre zuvor schon tun wollte – er holte mich nach Hause.

Kapitel 14

Adam hörte sich meine Geschichte in Ruhe an. Er unterbrach nicht, stellte keine Zwischenfragen. Das gefiel mir. Ich fühlte mich gut aufgehoben bei ihm. Er sagte noch ein paar schlaue Sachen, die ich nur bestätigen konnte, und wir bestellten noch einen Absacker. Dann brachte er mich in mein Kakerlakenhotel. Es war klar, dass er nicht mit rauf kam. Ich schlief erneut gut. Als ich aufwachte, musste ich weinen. Ich wusste nicht warum. War es, weil Adam einem Ex-Freund ähnelte? Weil ich die Vergangenheit wiederbelebt hatte? Oder war es gar, weil sich unsere Wege trennten?! Ich ging zum süßen Frühstück, packte meine Sachen und war gerade total happy, weil kein Ungeziefer meinen Weg gekreuzt hatte als…eine Kakerlake unter dem Bett hervorschoss! Was für ein Drehbuch-Ende, dachte ich und musste lachen. Adam kam sogar noch zu meinem Airport-Shuttle und wir verabschiedeten uns anständig. Dann fuhr der Bus Richtung Flughafen. Dort angekommen irrte ich herum, als sei ich noch nie geflogen. Mitten auf dem Gate – ich wühlte mal wieder in meiner Handtasche nach meinem Ticket – stand plötzlich ein Mann vor mir, den ich irgendwie zu kennen meinte. Wir umkreisten uns. Dann sagte er plötzlich „Wir kennen uns!" In mir lief ein Film ab: Sender? Kollege? Ex-Lover?! „Du bist meine Nachbarin!", sagte er. Und da wusste ich Bescheid. Es war der Mann, der mir vor drei Jahren geholfen hatte. Wegen des Vogels. Mr. Copy. Wir gingen zusammen in den Wartebereich. Er erzählte mir, dass er seine Familie für eine Römerin verlassen hätte. Ich erzählte von meinem Drehbuch-Seminar. Am Hamburger Flughafen trennten sich unsere Wege.

Kapitel 15

Adam und ich blieben in Kontakt. Wir mailten und telefonierten. Rom hatte mich beeindruckt. Diese Lebensfreude, dieser Stil, dieses Essen. Ich überlegte, wie es wohl wäre, nach Rom auszuwandern. Bevor ich hier alle Zelte abbrechen sollte, wollte ich jedoch Probewohnen. Ich mietete mir ein Appartement an der Piazza Navona, für eine Woche. Genau da, wo Adam mich hingeführt hatte. Adam war begeistert! Er wollte mich besuchen – eigens für mich nach Rom kommen! Ich war gerührt. Der Flug verlief genauso reibungslos wie der Erste. Ausgenommen eines kurzen Interviews am Hamburger Flughafen. „Warum fliegen Sie nach Rom?", wollte die nette Endfünfzigerin wissen, die sich mit diesem Job sicherlich nur easy was dazu verdienen wollte, von mir wissen. „Weil ich endlich mal wieder so richtig schön durchgevögelt werden möchte!", lag es mir auf der Zunge. Stattdessen sagte ich irgendwas von toller Stadt und Lebensfreude. In Rom angekommen, wollte man mich erst einmal übers Ohr hauen. „Taxi?!" fragte ein kleiner, schmieriger Mann am Bahnhof „Termini". „Yes, please. Piazza Navona? How much?" „25 Euro!" „25 Euro?!" That´s too much! 20 Euro?" „Okay" Widerwillig nahm er den Deal und meinen Koffer an und rannte voraus in eine dunkle Seitenstraße. Wir blieben vor einem uralten Fiat stehen. Von offiziellem „Taxi"-Schild keine Spur. „That's the taxi?!" fragte ich ungläubig. „That's the taxi!", sagte Schmieri genervt. Ein Film von vergewaltigten Frauen in dunklen Nebenstraßen lief vor meinem geistigen Auge ab. Wenn ich jetzt hier einsteigen würde – wo würde ich wieder aussteigen? Und in welchem Zustand?! „No, thank you", sagte ich, schnappte mir meinen Koffer und rannte so schnell ich konnte in Richtung Hauptstraße. Zurück am Bahnhofsvorplatz hatte ich das Gefühl, dass diverse Wartende die Szenerie beobachtet hatten. Frei nach dem Motto: Ist mir auch schon passiert, aber jetzt weiß ich, worauf man in Rom achten muss! Das nächste Taxi, das ich fragte, wurde von einer Frau gelenkt. Und für die Fahrt wollte sie auch nur zehn Euro. Ein Schnäppchen! Sie chauffierte mich sicher durch den Abend, mitten hinein in den Hexenkessel von Roma. Dort musste ich aussteigen, weil der Weg zu meinem Appartement durch Einbahnstraßen versperrt war. Ich gab ihr ein fettes Trinkgeld, dankbar nicht vergewaltigt worden zu sein, und stieg aus. Wie zur Hölle sollte ich allein zu meinem Appartement finden? Es war unfassbar laut und quirlig, Menschen rannten durcheinander und ich wusste überhaupt nicht, wo ich war. Ich war müde, durstig und hatte keinen Plan. Doch auch hier kam mir mein Reporter-Dasein zu Gute: Ruhig bleiben, nach dem Weg fragen, an den Film glauben. Schlussendlich stand ich vor einem Haus mit der richtigen Hausnummer, in der richtigen Straße. Ich klingelte mehrfach.

Kapitel 16

Der Summer ging und ich trat ein. In der ersten Etage begrüßte mich eine fremdländische Schöne. Keine Italienerin by nature, so viel stand fest. Sie habe schon auf mich gewartet. Kunststück. Das Appartement war so wie es auf den Fotos im Internet versprochen: Klein, rustikal, mit frei liegenden Balken. Stilvoll. Ich versprach, artig zu sein und am letzten Tag den Schlüssel in der Wohnung zu lassen. Dann war ich allein. Rom! Roma! Und ich hatte das schönste Appartement mitten im angesagtesten Viertel der Stadt! Von Kakerlaken keine Spur! Ich machte mich frisch und ging auf einen Drink in die Bar, die Adam und ich vor ein paar Wochen nur passiert hatten. Es waren sehr viele Leute da. Sie standen draußen, lehnten an ihre Vespas oder saßen auf den wenigen Stühlen. Ich bestellte eine Caipirinha und rauchte die erste Zigarette des Tages in Ruhe. Rom! Endlich war ich da. Und wohnte genau da, wo ich hin wollte. Genau die Kreuzung. Irre! Nach dem zweiten Drink wankte ich zufrieden nach Hause. Waren ja bloß drei Schritte. Toll! Den Nachtclub unter meinem Appartement hatte ich irgendwie übersehen…

Kapitel 17

Es wummerte die ganze Nacht! Völlig gerädert wachte ich am nächsten Morgen auf. Hatte ich überhaupt geschlafen? Ich kletterte die Stiege der Empore herunter, auf der das Bett stand, und klappte die Fensterläden auf. Ein italienischer Innenhof begrüßte mich! Ich war tatsächlich in Rom. Vorausschauend wie ich war, hatte ich mir Instant-Kaffee mitgebracht. Ohne den ersten Kaffee im Schlafanzug, war auch Rom nicht zu genießen. Mein Blick schweifte durch die Mini-Küche. Keine Kakerlake weit und breit. Ich hatte Durst. Hatte Mama nicht gesagt, das Wasser in Rom sei das Beste? Könne man problemlos trinken? Ich genehmigte mir drei Wassergläser aus der Leitung. Nach einer Dusche im Mini-Bad verließ ich mein erstes eigenes Appartement in Rom in gehobener Stimmung. Die italienische Lebensfreude begann direkt vor meiner Haustür: Wunderschöne Müllfrauen säuberten die Altstadt vom Abend zuvor. Perfekt frisiert und geschminkt, mit Schmuck und Handy am Ohr, in orangefarbenen Overalls. Was für eine Grandezza! Ich schlug mich durch den Dschungel von Rom Richtung Monumento Vittorio Emanuele II, um mir einen Überblick zu verschaffen. Von hier aus sollte man die beste Sicht haben. Ich erklomm Stufe um Stufe. Auf das Dach führte ein Fahrstuhl. Acht Euro sollten die letzten Meter kosten und auch mein internationaler Presseausweis half mir nicht weiter. Widerwillig zahlte ich. Musste ja auch alles erhalten werden, in der ewigen Stadt. Der Blick war grandios! Leider konnte ich meine Begeisterung mit niemandem teilen. Noch nicht. Mein Magen meldete sich. Er rumorte laut. Ich fuhr wieder runter, stieg die Treppen herab, beobachtete noch ein Hochzeitspaar, das sich bildlich verewigen ließ – als ich plötzlich das dringende Bedürfnis verspürte, aufs Klo zu müssen. Ich beschleunigte meinen stets schlendernden Gang auf der Suche nach einem Restaurant mit Toilette. Der Druck in mir wurde immer größer. Ein Wirbelsturm schien meinen Darm ergriffen zu haben, und die Eingeweide herausschleudern zu wollen. Es kam kein Restaurant. Kein Café. Schweißperlen bildeten sich auf meiner Nase. Warum gab es hier keine verfickte Gastronomie?! Sollte ich, gleich am ersten Tag, mitten auf die Via delle Botteghe Oscure scheißen? Panik stieg in mir hoch. Mit letzter Kraft erreichte ich das „Ducati Caffè". Eine Art „Hard Rock Café" für Italiener. Ich rannte hinein, vorbei an der Theke, in den Keller und schiss mir die Seele aus dem Leib. Ich starb und wurde neu geboren innerhalb von Sekunden. Dio! Ich putze das Klo und ging erleichtert, aber auch ein wenig beschämt nach oben. Dort bestellte ich eine Cola.

Kapitel 18

Auf dem Rückweg zum Appartement bedeckte sich der Himmel. Ich ließ mich treiben, landete im jüdischen Viertel, kaufte „Prada"-Stiefel im „Outlet-Store". Die Schuhe – immer noch viel zu teuer – aber ich musste mir nach dem quasi Darm-Durchbruch was Gutes tun. Da mich die Stiefel, die ich trug, quälten, zog ich die neue Errungenschaft gleich an. Flanieren durch Rom in „Prada"-Stiefeln – das hatte doch was! Es begann zu regnen, aber ich wollte partout keinen Schirm von diesen indischen Händlern kaufen. Wäre ja noch schöner! Nordish by nature, meine Lieben! Doch der Regen wurde immer stärker. Das Pflaster der Altstadt wurde durch meine „Prada"-Ledersohlen zu einer einzigen Rutschpartie. Irgendwie schaffte ich es bis zum Campo Dè Fiori. Dankend nahm ich Platz, als ein Koberer mich hinein winkte. Ich bestellte einen Weißwein, verstaute die Tüte mit meinen alten Stiefeln, als sich mein Magen wieder meldete. Voller Unbehagen ging ich in Richtung Klo. Die Toilette, die sich mir bot, war alles andere als einladend. Ich war noch dabei, die Brille zu säubern, als der nächste Tsunami sich ankündigte und schwallartig aus mir herausschoss! Himmel! So etwas hatte ich noch nie erlebt! Ich hatte das gesamte Klo vollgeschissen. Das Klo, die Brille, alles was hintern Klo klag. Wie sollte ich das jemals wieder sauber kriegen?! Es klopfte. „Momento!", sagte ich in meinem besten italienisch. Mit Klopapier wischte ich, was das Zeug hielt. Hinter der Toilette, daneben – meine Scheiße klebte einfach überall! Beim dritten Klopfen gab ich auf und öffnete die Tür. Vor dem Örtchen hatte sich eine lange Schlange gebildet. Ich versuchte ein Lächeln und verpisste mich nach oben. Dort zahlte ich sofort die Rechnung, in der Hoffnung, sich trotz nachhaltigem Eindruck, nie wieder sehen zu müssen. Ich kaufte einen Regenschirm und schlidderte schuldbewusst nach Hause. Irgendwie musste sich Mama mit dem Wasser vertan haben.

Kapitel 19

Zurück in meinem Appartemento ging ich
erst mal in Ruhe aufs Klo. Herrlich! Ich hatte
mir jetzt Wasserflaschen mitgebracht. Und
Rotwein. Zur Entspannung guckte ich mir Zeichen-
trickfilme auf Italienisch an. „Buon Giorn..." Dann
kam eine SMS von Adam. Er würde mich gern morgen, um 19 Uhr, in der „Trombetta" treffen, wenn
es mir recht wäre. Diesmal fing mein Herz an zu
flimmern. Adam würde tatsächlich MEINETWE-
GEN nach Rom kommen! Wie Rom-antisch war das
denn?! Natürlich war mir das recht! Ich trank noch
die Flasche Rotwein und schlief genauso schlecht
wie die Nacht zuvor.

Kapitel 20

Am nächsten Morgen nahm ich meinen Kaffee wie gehabt und ging Frühstücken. Dann bummelte ich zum Vatikan, danach quer durch die Innenstadt zur Spanischen Treppe und über den Trevi-Brunnen wieder zurück. Treiben lassen war das A und O in dieser Stadt, denn ohne großes Zutun stand man automatisch wieder vor irgendeiner Sehenswürdigkeit. Suchte ich jedoch nach einer – war ich verloren. Die Zeit verging so schnell, dass ich zu spät zum Treffpunkt kam. Peinlich. Er kam extra aus München nach Rom und ich kam zu spät zum Treffpunkt. Ich sagte dem Taxifahrer, er solle sich beeilen, schließlich ginge es um das rom-antischste Date des Jahres! Der Fahrer war begeistert! Amore! Allmählich fühlte ich mich wie im Film. Die Begrüßung fiel nicht ganz so stürmisch aus wie ich sie mir erträumt hatte. Freundlich-distanziert könnte man sagen. Wir nahmen wieder die U-Bahn soweit sie in Richtung Altstadt fuhr, und gingen den Rest zu Fuß. Zwischendurch aßen wir - wo sonst?! – bei einem kleinen Italiener. Adam berichtete aus seinem Leben, ich von meinen Erlebnissen in Rom. Wir brachten seine Sachen in mein Appartemento und gingen in die Bar schräg gegenüber. Die Drinks dort hatten es in sich. Adam wurde langsam lockerer und küsste mich. Wir gingen nach Hause, klappten das Sofa im Wohnzimmer aus und fielen kurze Zeit später übereinander her. Leider war es für mich schon zu spät für Orgasmen. Ich hatte da meine Zeit: 8 Uhr bis 20 Uhr. Danach fiel mein Bio-Rhythmus in den Keller. Am nächsten Morgen waren wir dafür umso lauter. Heilige Maria Gottes – ich schrie den ganzen Innenhof zusammen. Adam war gut. Sein Schwanz geschmeidig und verlässlich. Danach wurde ausgiebig geduscht – dann wollten wir die Nordstadt erkunden.

Kapitel 21

Wir verliefen uns. Und ich hatte Bauchweh vom Sex. Der Tag war nett, aber richtig entspannt wurde er erst gegen Abend. Wir nahmen einen Apéritif in „meinem" Viertel, beobachteten die Leute und gingen dann lecker Essen. Adam musste am nächsten Morgen schon um vier aufstehen, um sein Flugzeug zu kriegen. Der Mond schien voll und wir saßen auf der Piazza Navona und heulten ihn an. Morgen schon würde ich wieder allein sein. Wir gingen zeitig nach Hause und nahmen wieder einen Absacker in der Bar. Doch dieses Mal war die Stimmung getrübt. Die Nacht war kurz, ohne Sex und Adam war im Morgengrauen wieder so konfus wie ich ihn bei dem Drehbuchseminar kennengelernt hatte. Himmel, er habe sich den Wecker zu spät gestellt, wie solle er das jetzt bloß schaffen, wo war sein Ticket?! Ich begleitete ihn zur Tür wie einen Schuljungen und war froh als er weg war. Ein paar Stunden später machte ich eine kuriose Entdeckung: Die Dose Parmesan-Käse, die ich noch nicht geöffnet hatte, war aufgebrochen und über die gesamte Anrichte verstreut. Hatte Adam über Nacht Hunger bekommen? Aber warum war er dann so nachlässig gewesen? Männer! Ich machte den Dreck weg und verließ das Appartement. Im Laufe des Tages schickte ich Adam eine SMS mit der Frage, ob er des nächtens Lust auf Käse bekommen hätte? Adam verneinte. Er könne es ruhig zugeben, flachste ich. Adam verneinte erneut. In mir stieg die Angst auf. Wenn weder ich noch Adam die Büchse der Pandora geöffnet hatten – wer dann?! Waren etwa katholische Nonnen in mein Appartement eingedrungen und hatten Käse verstreut, weil wir gestern Morgen so laut gewesen waren? Es gab keine Einbruchsspuren. Der Parmesan-Räuber musste einen Schlüssel gehabt haben. War der Vermieter sauer, weil ich für zwei Nächte einen Untermieter gehabt hatte? Ich kam nicht zur Ruhe. Ich ging Essen, kam wieder und ging alle Möglichkeiten noch einmal durch. Wo war die logische Erklärung? Oder gab es gar einen Geist? Ich machte die ganze Nacht kein Auge zu. Früh morgens packte ich schnell meine Sachen und verließ die Ferienwohnung einen Tag eher als bezahlt und schnappte mir ein Taxi. „Termini! Rapido!", wies ich den Fahrer an. Ich war erst beruhigt, als ich im Flugzeug nach Deutschland saß.

Kapitel 22

In Hamburg angekommen, ging die Suche weiter: Wer könnte der Parmesan-Räuber gewesen sein? Und warum? Mir fiel unser letzter Abend wieder ein. Es war Vollmond gewesen und wir hatten ihn gemeinsam angeheult, auf der Piazza Navona. War Adam mondsüchtig? Schlafwandler? Ich recherchierte im Internet: Der Somnambulismus (von lateinisch somnus – der Schlaf und ambulare – wandern) oder die Somnambulie, auch bezeichnet als Mondsucht (Lunatismus), Schlafwandeln oder Nachtwandeln, ist ein Phänomen, bei dem der Schlafende ohne aufzuwachen das Bett verlässt, umhergeht und teilweise auch Tätigkeiten verrichtet. Der jeweilige Vorfall dauert meist nur wenige Minuten. Außerdem: Verminderte Geschicklichkeit und Entwicklung von Hunger während des Schlafwandels. Das passte genau! Er hatte im Schlaf die Parmesan-Dose geöffnet, den Deckel unbewusst Richtung Mülleimer geschmissen und sich fahrig auf den Käse gestürzt! Ich fragte telefonisch bei ihm nach. Adam war empört! Schlafwandler? Er? Schmarrn! Er sei in seinem ganzen Leben noch nicht Schlaf gewandelt! Das hätte doch jemand mitbekommen müssen und ob ich noch alle Latten am Zaun hätte. Ich war verunsichert. Konnte ich ihm glauben? Ich kannte ihn doch kaum. Es sei der Vermieter gewesen oder die eifersüchtige Putzfrau beharrte Adam. Bei meinen Freunden war die Meinung geteilt: Meine Freundinnen waren sicher, dass nur Adam der Übeltäter sein konnte. Meine männlichen Freunde tippten auf den Vermieter. Aber warum sollte er so etwas tun? Und Wann? Ich beschloss, erst einmal nicht mehr nach Rom zu reisen. Auch die Idee, dorthin zu ziehen, war hinfällig. Was allerdings, sollte ich mit Adam machen? Er war nicht verkehrt gewesen – abgesehen davon, dass er womöglich Schlaf wandelte. Der Sex war überraschend gut gewesen: Innig, zärtlich und auf den Punkt! Ich überredete Adam für ein Wochenende nach Hamburg zu kommen. Er war nervös als er kam Freitagnacht. Wir tranken noch eine Flasche Wein und schliefen ein. Ohne Sex. Am nächsten Morgen holten wir alles nach: Innig, zärtlich, erfüllend wie zuvor. Ich schleppte ihn mit auf den Wochenmarkt, meinem Sonnabend-Ritual. Adam sagte, er wolle für mich kochen. Ich war entzückt! Wie lange hatte ich das nicht mehr erlebt? Wir zogen los und kauften alle Zutaten für Adams Drei-Gänge-Menü. Es war nicht ganz einfach, denn Koch Adam hatte genaue Vorstellungen: Frische Dorade, frische Kräuter (es war Oktober) und Mohn. Mohn, so wie er ihn für das Dessert haben wollte, gab es nicht. Adam suchte und suchte. Ich wurde unruhig. Seine Akribie begann schon, mir wieder auf die Nerven zu gehen. Schließlich konnte ich ihm diese Nachspeise ausreden und wir gingen nach Hause. Dort verwandelte Adam meine Küche in ein Schlachtfeld. Kochende Männer, eben. Ich aß brav alle zwei Gänge und wir liebten uns noch einmal vor 20 Uhr. Zufrieden und geborgen lag ich in seinen Armen als ich plötzlich an Gottfried, von mir nur „Gott" genannt, denken musste.

Kapitel 23

Ich schlief kaum diese Nacht. Zum einen musste ich Adams schlafwandlerische Anwandlungen überwachen, zum anderen ging mir „Gott" nicht aus dem Kopf. Warum hatte ich vorhin leise geweint? Es war doch gerade alles so schön. So innig, so erfüllend. Und dennoch waren meine Gedanken in Adams Armen bei „Gott". Meinem Mentor, meinem Sparringpartner, meinem besten Freund. Ich liebte ihn seit 13 Jahren. Er hatte in den vergangenen Jahren viele Frauen gehabt und tat immer so, als nähme er mich nicht ernst. Aber wenn es drauf ankam, privat oder beruflich, hatte er immer zu mir gestanden. Er ertrug meine Launen, Krisen, Beschimpfungen – wenn ich mal wieder zu viel getrunken hatte. Wir waren uns sehr nah. Und dann wieder sehr fern. Er war immer in meinem Herzen und offensichtlich auch in meinem Kopf. Es war die engste Verbindung, die ich je zu einem Mann gehabt hatte, ohne mit ihm liiert gewesen zu sein. Die größten Lieben sind die unerfüllten. Aber war sie unerfüllt? Körperlich auf jeden Fall. Aber gedanklich war mir nie jemand näher gewesen. Ich fühlte mich bei ihm absolut beschützt. Er kannte mich besser als mein eigener Vater, was eigentlich unmöglich war, denn mein Vater kannte mich sehr gut. Unsere erste Begegnung fand in der Fernsehredaktion statt, für die ich die nächsten Jahre arbeiten sollte…

Kapitel 24

Ich stolperte durch die Redaktion, um mich vorzustellen. Das Magazin war das erfolgreichste des Senders: Frech, humorvoll, innovativ. Hier wollte ich arbeiten, mich von dem Mief meines Regionalmagazins befreien. Nach vier Jahren Hannover konnte nichts doofer sein. Ein Jahrzehnt später erst erkannte ich, wie gut ich es dort gehabt hatte. Vor dem „Haifischbecken Hamburg" hatte mich meine Direktorin eindringlich gewarnt. Aber ich liebte diese Sendung, die sie da in Hamburg machten. Auf dem Weg zu meinem Vorstellungsgespräch kam ich an Gottfrieds Büro vorbei. Die Tür stand offen und er mühte sich mit seinem Drucker ab. Er guckte mich an und fragte, ob ich ihm behilflich sein könne. „Ich kann das noch schlechter als Sie!", sagte ich frech und ging weiter. Ein Satz, der mich die nächsten Jahre nachhaltig begleiten sollte. Ich bekam den Job, zog nach Hamburg und verliebte mich mehr und mehr in „Gott". Dass ich 13 Jahre später immer noch Herzklopfen bei seinem Anblick bekommen sollte, ahnte ich schon damals.

Kapitel 25

Die Dreharbeiten unterschieden sich grundsätzlich nicht von dem, was ich bisher gemacht hatte. Nur dass das Produkt mehr Pep haben sollte. Die Themen waren ungewöhnlicher und erstreckten sich über ganz Norddeutschland. Heute Hamburg, morgen Niedersachsen, übermorgen Schleswig-Holstein oder Mecklenburg-Vorpommern. Das Stammhaus in Hamburg empfand ich nicht als „Haifischbecken". Im Gegenteil: Die Kollegen waren nett, humorvoll, abgeklärter. Schnell fand ich neue Freunde, die mich in ihrer Mitte aufnahmen. „Gott" war einer der beiden Chefredakteure. Er war groß, intelligent und hatte Charisma. Seine blauen Augen konnten warm und mitfühlend, kalt und unnahbar sein. Es schien als würde er mir direkt in die Seele blicken können. Manchmal hatte ich Angst vor ihm. Doch meistens bewunderte ich seinen Durchblick und seine Ruhe. Er konnte sehr charmant sein. Und albern. Aber vor allen Dingen wurde er mein Fels in der Brandung. Wir machten zahlreiche Filme und Projekte zusammen. Er war mein Lehrer, Mentor und Vertrauensperson. „Gott" ließ sich gern von mir anhimmeln. Er hatte wechselnde Beziehungen, während ich mich mit anderen Männern ablenkte. Dann, nach „einem Dreh" mit durchzechter Nacht, landeten wir doch zusammen im Bett. Wir machten keine Liebe. Eher dokterten wir aneinander herum. Wie im Lehrbuch. Ich erinnere mich noch nicht mal an einen heißen Zungenkuss. Am nächsten Morgen fragte mich „Gott", ob ich schwanger sei. Göttlicher Humor. Die nächsten elf Jahre fragte ich mich, ob es jetzt an mir gelegen hatte oder ob „Gott" schlichtweg schlecht im Bett war! „Gott" schlecht im Bett? Das durfte nicht sein!

Kapitel 26

Adam wandelte in dieser Nacht nicht in die Küche. Vielleicht lag es am fehlenden Vollmond – vielleicht an der Tatsache, dass ich keinen Parmesan im Haus hatte. Wir trennten uns trotzdem, denn Adam fand heraus, dass er nicht genug Raum in seinem Leben schaffen könne, so dass ich mich darin wohlfühlen würde. Ich war ein bisschen gekränkt, denn der Sex war wirklich schön gewesen. Ansonsten teilten wir eigentlich nichts. Ich ging wieder meiner Arbeit nach, traf „Gott" auf dem Wochenmarkt. Ein Ritual von uns, das merklich an Bedeutung nachließ. War ich früher für eine Stunde der Mittelpunkt in seinem Leben gewesen, musste ich ihn jetzt hier auch mit anderen Frauen teilen. Das missfiel mir! „Gigolini" aus Südfrankreich lief mir über den Weg. Er beteuerte wieder, dass er mich heiraten wolle und wir landeten nach einem Trinkgelage beim Wochenmarkt-Imbiss erneut im Bett. Ich kam auf meine Kosten, doch der Zauber war weg. Ich beschloss erstmal, keine Männer mehr in mein Leben zu lassen. Schließlich hatte ich genug Probleme: Die Arbeit für meine ehemalige Lieblingssendung wurde immer unbefriedigender und ich hatte nach zwölf Jahren Zugehörigkeit nur noch einen limitierten Vertrag. Auch inhaltlich hatte sich einiges geändert: Statt sich humorvoll und frech auf norddeutsche Typen zu konzentrieren, ging es jetzt zunehmend um Boulevard-

Themen. Boulevard! Da kam ich her. Dort hatte ich 1996 meine Fernsehkarriere begonnen…

Kapitel 27

Ich kam zum Fernsehen wie die Nonne zum Kind. Sagte ich immer gern. Natürlich hatte auch ich mich bewerben müssen. Aber eigentlich wollte ich immer zur Zeitung. Während meines Studiums - Germanistik, Journalistik und Politische Wissenschaften - hatte ich bei den Regionalzeitungen unserer Stadt gearbeitet. Als freie Mitarbeiterin lokale Geschichten in Text und Bild erzählt. Mein Steckenpferd waren Glossen. Ich verbrachte wesentlich mehr Zeit in der Redaktion als in der Uni. Nach vier Jahren drohte mein Vater, mein Studium nicht weiter finanzieren zu wollen. Er zahlte die Wohnung und eine monatliche Apanage. Meine Honorare brachte ich mit Klamotten, Wein, Zigaretten und Männern durch. Den Rest hatte ich einfach verprasst. Ich könne doch eine Ausbildung zur Krankenschwester machen, meinte er. Krankenschwester? Ich?! Was für eine Frechheit! Ich war eine aufstrebende Journalistin! Zudem hatte ich alle „Scheine" – mir fehlte nur noch ein Thema für die verfickte Magisterarbeit. Außerdem hatte ich an der Sorbonne studiert! Die Lösung fand ich bei einer Bekannten, die auch als freie Printjournalistin arbeitete und Moderatorin bei einem Regionalsender wurde. Das konnte ich auch! Und wie so oft in meinem Leben, ließ eine neue Chance nicht lange auf sich warten: Im „Abendblatt" wurde eine Moderatorin für ein Fernsehmagazin gesucht. Ich hatte keine Ahnung von Fernsehen, aber ich war mir sicher, dass ich den Job machen könne. Wie meine Bekannte! In meiner Zeitungsredaktion bastelten wir zusammen an meiner Bewerbung: Schickes Foto, Anschreiben von der Sekretärin getippt. Ich wurde tatsächlich zum Vorsprechen eingeladen! Wenige Wochen später moderierte ich meine erste Live-Sendung.

Kapitel 28

Der Job war aufregend und kostete mich am Anfang alle Überwindungskräfte. Ich! War live! Im Fernsehen! zu sehen. Nichts ist schlimmer als wenn Träume wahr werden. Doch ich hatte ein tolles Team um mich herum: Einen erfahrenen Nachrichten-Moderator zu meiner linken, einen entspannten Aufnahmeleiter und einen super Chef. Natürlich verliebte ich mich in ihn, wie in alle Männer, die sich väterlich für mich einsetzten. Nach einem halben Jahr war der Spuk vorbei. Ich war nur als Schwangerschaftsvertretung eingesetzt worden und sollte nun nach NRW wechseln. Inzwischen hatte ich mich jedoch in meinen Chef vom Dienst verguckt und ging lieber als Reporterin nach Hannover. Moderieren konnte ich jetzt – aber Filme machen? Eine erneute Leidenszeit begann, denn ähnlich wie bei der Moderation lernte ich im laufenden Geschäft. Kameramänner drohten an meiner Unwissenheit, gepaart mit dem Selbstbewusstsein einer frisch gekürten Moderatorin, zu verzweifeln. Ich fühlte mich überfordert und hatte Heimweh. Monate gingen ins Land und ich verstand den Spruch: „Und bist Du noch so fleißig – es werden doch nur eins dreißig!". Wir bretterten mit dem Teamwagen über die Autobahnen Niedersachsens, um am Ende einen aktuellen Fernsehbeitrag von einer Minute und dreißig Sekunden im Programm zu haben. Zwei dreißig war die absolute Königslänge bei den Privaten. Feature! Mir war klar, dass ich das nicht lange durchhalten wollen würde. Bei den öffentlich-rechtlichen Anstalten konnte ich drei dreißig und sogar vier dreißig machen! Und Langformate. Dokumentationen. Da wollte ich hin! Ich kündigte meine erste Festanstellung und begann eine Beziehung mit meinem Chef vom Dienst. Auf dem Weg zu einem Job bei den Öffentlich-Rechtlichen versuchte ich mich wieder als freie Print-Journalistin. Doch selbst in Hannover hatte der Print-Markt nicht auf mich gewartet. Ich schrieb zwei bezahlte Artikel, bekam eine Absage von dem Sender, wo ich hinwollte und Depressionen. Der Mann an meiner Seite war entzückend, konnte die Abwärtsspirale und mein Heimweh jedoch nicht aufhalten. Trotz meiner absolut schlechten mentalen wie körperlichen Verfassung bekam ich einen super Jobangebot aus München. Man wollte mich als Planungsredakteurin für ein sehr erfolgreiches, privates Magazin am Vorabend. Das Gehalt war gut. Ich fuhr mit drei Koffern nach München und bezog in Unterföhring das Hotel „Zur Post". Nie zuvor im Leben hatte ich mich ausgelaugter, einsamer und verlorener gefühlt.

Kapitel 29

Abends ging ich zu einem Italiener neben dem Hotel. Ich bestellte und muss so traurig ausgesehen haben, dass der „Patrone" zu mir an den Tisch kam. Ob alles in Ordnung sei, und ich vielleicht noch ein Dessert auf Kosten des Hauses haben wolle, fragte er. Er war so mitfühlend und ehrlich, dass bei mir alle Dämme brachen. Nein, sagte ich, es sei überhaupt nichts in Ordnung! Ich könne hier morgen einen super und gut bezahlten Job antreten, aber ich hätte so doll Heimweh, dass es mich zerreißen würde! In der Zwischenzeit hatte sich auch der Rest der Familie zu uns gesellt. Ich war jetzt der einzige Gast. Teilnahmsvoll blickten sie mich an. Unter Tränen schilderte ich mein Schicksal: Ich sei monatelang vorher arbeitslos gewesen, jetzt die große Chance, und nun das! Ein Grappa wurde gebracht. Ich könne doch jetzt nicht alles hinschmeißen, lamentierte ich weiter, aber ich würde meine Familie, meine Heimat so sehr vermissen! „Weißt Du", sagte er väterlich-vertraut und mir schossen erneut die Tränen in die Augen, „Du hast doch Material!" Material?! „Du hast Material und damit wirst Du es auch woanders schaffen. Zu Hause!" Der „Patrone" hatte gesprochen und der Rest der „famiglia" nickte zustimmend. Ich bekam noch eine Grappa und wurde herzlich wie ein Familienmitglied verabschiedet. Am nächsten Tag packte ich meine Koffer, meldete mich bei dem Sender krank und fuhr in Rekordzeit nach Hannover. Ich hatte „Material". Wer sollte mir das nehmen können?

Kapitel 30

Trotz Potenzials wurde es dann doch ganz schön hart. Meine Depressionen waren so stark, dass ich meine Wohnung in Hannover auflösen musste und erst einmal wieder zu meinen Eltern zog. Es dauerte Monate, bis ich mich wieder traute, anzugreifen. Mein Ex-CvD und Freund rief jeden Tag an, auch wenn ich nicht immer Lust hatte mit ihm zu sprechen. Kaum genesen sprach ich bei dem privaten Konkurrenzsender vor. Ich wollte nicht zwingend zurück nach Hannover, aber ich wollte zurück zu meinem Freund und die Job-Suche schien dort leichter als in Hamburg. Obgleich nicht ganz auf der Höhe nahmen sie mich. Ich machte Filme wie zuvor und wohnte bei meinem Freund, der für die Mitbewerber arbeitete. Schließlich hatte ich wieder genug Kraft es bei den Öffentlich-Rechtlichen noch einmal zu versuchen. Diesmal war die Ausgangslage besser: Denn von diesem privaten Sender, so hieß es, würden sie gern freie Autoren übernehmen. Und so war es. Kinderleicht, diesmal. Ich zog erneut nach Hannover, in eine schöne Dachwohnung. Meine Chefin mochte mich und ließ mich aufgrund meiner Vorgeschichte Live-Schaltungen moderieren. Sie setzte großes Vertrauen in mich. Ich habe ein „Niedersachsengesicht", sagte sie einmal. Außerdem Charme und sei nicht auf den Mund gefallen. Es war eine tolle Zeit. Ich machte Beiträge in drei dreißig und vier dreißig-Längen, Nachrichten, Reportagen, Portraits und durfte sogar auf der Bühne moderieren. Mein Konto war stets gut gefüllt und mit meinem Freund machte ich eine denkwürdige Amerika-Reise. Entdecken Sie Amerika, so lange es noch steht… Wir waren auf dem World Trade Center, in Graceland, bei Jack Daniels und in New Orleans. Dann begann unsere Beziehung zu kriseln. Nährboden für mein verdrängtes Heimweh. Wir trennten uns und kurz darauf trennte ich mich auch von Hannover. Ich zog zurück nach Hamburg und konnte weiterhin für die Sendung aus Lüneburg berichten. Dennoch befriedigte diese Konstellation mich nicht. Ich wollte für diese eine, bestimmte Sendung arbeiten! Und die kam nun mal aus Hamburg. Aus der Zentrale. Dem „Haifischbecken"…

Motteneier Teil II

Kapitel 1

Mr. Copy lief mir wieder über den Weg. Diesmal direkt vor meiner Haustür. Er fragte, ob ich Interesse habe, mit ihm, seiner Ex-Frau, den Kindern und der Römerin Fußball zu gucken. Ich verneinte, auch wenn mich „Fußballgucken im Gemeinschaftsraum der Wohnanlage" schon rein beruflich interessiert hätte. Doch die Konstellation erschien mir suboptimal. Er hatte noch einen Rest Creme im Gesicht. Einen Rest Morgentoilette. Mütterlich verteilte ich den weißen Klecks auf seinem Jochbein. Obwohl wir uns kaum kannten, hatten wir durch unsere schicksalhaften Begegnungen eine Art Nähe entwickelt. Wir mochten uns. Das war offensichtlich. Brachten uns leicht zum Lachen. Attraktiv war er nicht: Klein, hoher, Haaransatz, Tendenz rothaarig. Er sah so durchschnittlich aus, dass ich ihn zunächst immer übersah. Trotzdem hielt er sich für unwiderstehlich. Das merkte ich bei jedem Gespräch. Drollig, irgendwie. Ich hatte eigentlich andere Sorgen: Mein Ohr eiterte seit fünf Monaten! Nun sollte ein MRT gemacht werden und gegebenenfalls operiert. Cholesteatom – eine das Mittelohr angreifende Geschwulst- ja oder nein, das war hier die Frage. Seit Wochen sollte ich in die Röhre, um endlich Klarheit zu haben. Nun hatte ich endlich einen Termin. Mental gut vorbereitet fuhr ich mit dem Fahrrad Richtung Röntgenpraxis. Natürlich war ich zu früh, also legte ich einen Stopp bei dem Schuhladen ein, wo ich vor Wochen dieses entzückende Paar Stiefel gesehen hatte. „Räumungsverkauf" stand an der Scheibe. Ich ging hinein – und da waren sie! In Größe vierzig! Es waren mehr so Sitz- und Stehschuhe. Aber besonders. Ein Eye-Catcher. Wohl wissend, dass ich nun gerade keinen Cent zu viel auf der Naht hatte, nahm ich sie mit. Das MRT erwies sich als deutlich schwieriger: Obwohl ich die Prozedur schon einmal überstanden hatte, brach ich diesmal ein. Nach knapp fünf Minuten bekam ich keine Luft mehr, fühlte mich wie lebendig begraben. Panisch drückte ich den Notknopf in meiner Hand. Was denn los sei? kam es aus dem Off. Himmel! Wollten die, mit mir hier drinnen, erst einmal ein Verhör durchführen?! Nachdem ich die Fragen hinreichend beantwortet hatte, wurde ich aus der Gruft geschoben. Japsend erblickte ich die Neonröhren des Untersuchungsraums. Der intravenöse Zugang wurde entfernt, ein neuer Termin in Aussicht gestellt. „Ihr könnt mich mal!", dachte ich. In so eine Röhre, zudem mit einer Plastikmaske vor dem Gesicht, würden mich keine zehn Pferde mehr kriegen. Eilig verließ ich die Praxis, um mir auf jeden Fall eine Flasche Wein zu genehmigen. Mit oder ohne Kontrastflüssigkeit im Blut. Draußen traf ich zunächst auf eine versierte Cutterin von uns, die kurz vor der Rente stand.

Kapitel 2

Die Cutterin gehörte noch zur alten Garde des Senders. „Avangarde schneidet hart!" war ihr Credo, eine Reminiszenz an den guten, alten Schnitt. Damals, als noch auf Film gedreht wurde. Inzwischen drehten wir auf Digital-Discs. Full HD. Blenden und Tricks waren ihr ein Gräuel. Ebenso wie schlecht drehende Kameraleute, schlechter Ton oder schlecht vorbereitete Autoren. Inquisitorisch saß sie im Schneideraum und bemerkte jeden Fehler. Das Herz hatte sie jedoch am rechten Fleck und nach einer Strafpredigt – die zumeist das gesamte Team betraf – schnitt sie immer einen sauberen, schönen Film. Nun winkte sie mit einem Strauß Rosen und ich rechtfertigte mich, warum ich auf dem Fahrrad rauchen würde. „Also, ich lass mich ja immer sedieren", sagte der MRT-Profi, „und dann lass ich mich von einem Taxi nach Hause bringen!". Einmal Schlausäure – immer Schlausäure. Wir tauschten noch ein paar Frotzeleien aus und dann preschte ich von dannen. Gott sei Dank hatte ich noch eine halbe Flasche Weißwein im Kühlschrank. Es dauerte nicht lange, und die ersten Nachfragen trudelten ein. Nein, es gab kein Ergebnis und ja, ich hatte versagt. Ich schämte mich. Und was noch viel schlimmer war: Ich war echt sauer auf mich, gleichwohl ich wusste, dass es mir unmöglich gewesen war.

Kapitel 3

Als nächstes versagte mein Fernseher. Es schien, als hätte er das Kontrastmittel bekommen: Die Fußballspieler nebst Reporter waren lila, der Rest grün. Mein Konto hatte momentan keinen Freiraum für solche Ausfälle. Aber es sollte noch schlimmer kommen. Viel schlimmer…

Kapitel 4

Auf dem Weg zur Taufe meiner jüngsten Nichte traf es mein Auto. Mitten im Elbtunnel fing eine Leuchte, die mir nichts sagte, hektisch an zu blinken. Ich legte einen Parkschein darüber. Hatte ich mal bei einem Freund gesehen. Wir schafften es noch aus dem Tunnel als der Wagen merklich an Geschwindigkeit verlor. Ich wechselte von ganz links nach ganz rechts. Bei 80 Stundenkilometern fing das nächste Lämpchen an, sich zu melden. Das Auto wurde immer langsamer. Nur noch bis Moorburg, flehte ich. Dort würde mich mein Vater sicherlich abholen. Mit 20 Stundenkilometern rollte ich in die scharf geschnittene Kurve der Ausfahrt. Jetzt war auch noch die Batterie ausgefallen und der Corsa ließ sich nur noch mühsam lenken. Mit letzter Kraft erreichte ich den rettenden Bordstein. Ich machte den Motor aus und betrachtete geschockt die Motorhaube: Dunkle Rauchschwaden kämpften sich nach draußen. Panisch griff ich nach meiner Handtasche und sprang ins Freie. Ich ging einmal um das Auto herum und sah, dass auch aus dem Auspuff dunkler Rauch kam. Das sah jetzt mal überhaupt nicht gut aus! Ich rief meinen Vater an: „Papa! Ich bin hier Ausfahrt Moorburg! Das Auto explodiert gleich! Du musst sofort kommen!!!" Es war Viertel nach neun. Um zehn sollte die Taufe losgehen. Ich hatte Chili con Carne für die gesamte Taufgesellschaft im Auto.

Selbst, und mit Liebe gekocht. Meine ganze Sorge hatte dem Essen gegolten, welches bei diesen Temperaturen und meiner schwungvollen Fahrweise leicht zu kippen drohte. Nun gab es ein ganz anderes Problem. Der Wagen rauchte immer noch. Und allmählich bekam ich richtig Angst, dass das Auto samt Chili tatsächlich in die Luft fliegen könne. Im kurzen Sommerkleid und mit hohen Hacken stellte ich mich im Gewebegebiet von Neuwiedenthal mitten auf die Straße. Als erstes hielten Frauen. Sie konnten mir zwar nicht wirklich helfen, sorgten aber durch ihre moralische Unterstützung für psychologische Ersthilfe. Dann stoppte ein Mann. Ich bat ihn, die Motorhaube – die Büchse der Pandora – zu öffnen. Er tat wie ihm befohlen und ich hielt den Atem an. Würde meinetwegen gleich jemand sterben? „Das sieht nicht gut aus", sagte er fachmännisch. „Den sollten Sie erst mal abkühlen lassen! Aber nicht hier. Hier wird er abgeschleppt!" Abgeschleppt?! Weil er im Niemandsland auf dem Gehweg stand? Ich begriff gar nichts mehr. „Ich schieb den mal darüber in die Parkbucht…" Noch bevor ich irgendwie helfen konnte – wie auch im Taufkleidchen mit hohen Absätzen – hatte „Hulk" den Wagen ins Parkrecht bugsiert. Ich dankte ihm überschwänglich. Mein unbekannter Held. Kurz darauf traf mein Vater ein. Er sei gerade friedlich bei der Morgenlektüre gewesen als ihn mein Notruf ereilt hätte. Natürlich sei er sofort losgefahren! Er betrachtete den dampfenden Wagen und meinte, der müsse erst mal abkühlen. Nach der Taufe solle ich

den ADAC anrufen. Wir luden das Chili, Geschenke und mich um und fuhren zur Kirche. Dort
waren alle bereits bestens informiert.

Kapitel 5

Die Taufe war okay. Niedlich. Kinder führten umständlich ein Singspiel auf und meine Nichte war bei der eigentlichen Prozedur sehr tapfer. Allerdings war mir nicht recht danach, meinem Herrn zu danken. Wieso musste ausgerechnet heute mein Auto kaputt gehen? Zumal ich morgen in den Urlaub fahren wollte! Schmollend ließ ich den Gottesdienst über mich ergehen. Als Zeichen der Anerkennung, dass ich es trotz Motorschadens geschafft hatte, durfte ich den Täufling von der Kirche in der Karre nach Hause schieben. Am Party-Ort angekommen, verteilte ich großzügig Geschenke an alle drei Kinder meiner Schwester. Ich konnte endlich meine High Heels von mir werfen und trat auf dem Rasen prompt in eine Biene. „Ach ja, hier liegen überall tote Hummeln und Bienen rum", war der lapidare Kommentar meiner Schwester. Ich wurde fachmännisch mit Zwiebel und zerstoßenem Beifuß versorgt und alle Blicke richteten sich auf meinen ungepflegten grüngelben Hornhautfuß. Himmel! Warum war meine Fußpflegerin schon seit Wochen im Urlaub?! Normalerweise hatte ich stets gepflegte Babyfüße und nun das! Etwas anderes zum Desinfizieren gab es in diesem drei-Kinder-Haushalt nicht. Der Schmerz ließ nach und alle waren froh als es endlich etwas zu essen gab. Mein Chili traf – wie erwartet – den Nerv der hungrigen Meute und sogar mein Veggie-

Schwipp-Schwiegervater nahm dreimal nach und kam aus dem Schwärmen gar nicht wieder raus. Mein Fuß hatte sich inzwischen wieder so weit erholt, dass ich mit dem Täufling Trampolin springen ging. Nach fünf Minuten trollte sich die Anderthalbjährige und Tante Jo hüpfte munter weiter wie ein Flummi auf und ab. Die Stimmung war ausgesprochen gut. Entspannt. Es gab Kaffee und Kuchen, diverse Gläser Wein und irgendwann fiel mir mein Auto wieder ein. Vielleicht sollte ich den ADAC anrufen bevor ich gänzlich besoffen war. Ich beschrieb dem Mann am Telefon den Standort und mein Vater erklärte sich bereit, mich zum Unglücksort zu bringen. Der erste Engel kam nach 30 Minuten und stellte fest, dass das nicht gut aussah. Ein Abschleppwagen musste kommen. In den weiteren 45 Minuten rückten mein Vater und ich wieder so nah zusammen wie es Notsituationen ebenso mit sich bringen. Ich schüttete ihm mein Herz aus und er war die Inkarnation der Geduld und des Verständnisses. Nicht, dass wir sonst nicht offen miteinander reden würden – im Gegenteil! Ich liebte ihn sowieso sehr und er mich, aber genau deswegen konnten wir uns auch vortrefflich in die Haare kriegen. Nun war er wieder mein „Pabba" und kein anderer hätte ihn in diesem Moment ersetzen können. Der Abschleppwagen kam und der gelbe Engel sagte, es sähe nicht gut aus. Der Motor sei wohl hin. Mein Vater bot noch an, den Wagen reparieren zu lassen, doch ich winkte ab. Das Auto war 14 Jahre alt und meiner finanziellen Situation kam der Schaden fast zu Gute. Wir verabschiedeten uns sehr herzlich wie nach einer gemeinsam geschlagenen Schlacht, und ich krabbelte zu dem Engel ins Führerhaus. Freundlicherweise brachte er mich nach Hause, und ohne Auto, dafür mit allem was sich in fünf Jahren darin angesammelt hatte, stand ich wieder vor meiner Haustür. Hauptsache, das Chili hatte geschmeckt!

Kapitel 6

In der Nacht wurde der Fuß dick und heiß. Ich kühlte ihn so gut ich konnte und schmierte großzügig Fenistil drauf. Am Abend hatte ich noch meine Freundin angerufen und ihr von dem Totalschaden erzählt. An und für sich wollten wir mit zwei Autos für dreieinhalb Tage an die Nordsee fahren. Erfahrungssache. Aber nun mussten wir die Erfahrung hintenanstellen. Mit vollgepacktem Auto nebst fünfjährigem Sohn holte mich meine langjährige Freundin und Kollegin am nächsten Morgen ab. Ich nannte sie „Dreamy", weil sie immer so verträumt war. Mein Kram passte gerade noch rein und gespannt machten wir uns auf nach St. Peter-Ording. Ich hatte noch nie freiwillig Urlaub an der Nordsee gemacht. Beruflich war ich öfter an der norddeutschen Küste gewesen, aber meine Ferien verbrachte ich doch lieber im Süden. Nun also St.Peter. Unsere Stimmung war gut. Entspannt. Sohn Tom war gut drauf und wir freuten uns, als er das Spiel „Wo ist die nächste Notrufsäule?!" für sich entdeckt hatte. Leider war uns nicht bewusst, dass alle zwei Kilometer eine Notrufsäule kam. Tom krähte, mein Fuß schwoll weiter an, und nach einer Stunde Fahrt fragte er, ob wir noch in Deutschland seien. Ohne Navi hätten wir in St. Peter nie unsere Unterkunft gefunden. Das alte Bauernhaus mit Reetdach lag versteckt im Hinterland. Von unserer Terrasse guckten wir zwar nicht aufs Meer, aber dafür direkt auf den Deich mit Kühen. Ein zauberhafter Garten rahmte das Idyll ein. Schön. So oder ähnlich hatte ich mir meine Sommerfrische vorgestellt. Es wurden abwechslungsreiche drei Tage, in denen ich nur einmal meine Unabhängigkeit eines eigenen Autos vermisste: Wir hatten eine Radtour zum Strand gemacht. Auf dem Rückweg, bei starkem Gegenwind, wollte ich eine Abkürzung finden. Wir fuhren unterhalb eines Deichs entlang und endlich hatte ich unseren Deich gefunden! Einziges Problem: Wir mussten unseren Weg auf der Deichkrone mit Zäunen und Kühen teilen. Der erste Zaun war – trotz Kind, dreier Fahrräder, zwei Badetaschen und Strandspielzeug inklusive Kescher – kein Problem. Hinter dem zweiten Zaun lauerte eine Kuhherde, die uns interessiert und verwundert anglotzte. Wir beschlossen, trotzdem weiter zu machen und bekamen bei Herüberhieven des ersten großen Fahrrades zeitgleich einen Stromschlag. Geschockt ließen wir das Rad fallen. Disteln fraßen sich in unsere offenen Schuhe. „Ich fahr auf keinen Fall außen rum!" zitierte mich „Dreamy". Schließlich beschlossen wir, es noch einmal zu versuchen. Wir konnten jetzt schlecht, mitten auf dem Deich, umkehren! Die Kühe hatten inzwischen ihr Interesse an uns verloren. Wir wagten es erneut, reussierten, passierten die Kühe und kamen schweißgebadet direkt vor unserem Bauernhof an. Ich brauchte einen Drink! Nein. Ich brauchte mehrere Drinks. Und dazu Zigaretten. Leider hatte ich nur noch eine Viertel Flasche Wein im Haus. Das würde nicht reichen. „Dreamy" richtete sich derweil häuslich ein und verkündete, dass sie gedenken würde, erst in zwei Stunden zum Einkaufen zu fahren. Zwei Stunden?! Bis dahin war ich auf dem Trockenen! „Du kannst ja mein Auto nehmen", tönte es aus dem Liegestuhl. Mit diesem Fuß? Und fremden Wagen? Niemals! Wir stritten ein bisschen hin und her und schließlich erklärte sich Madame bereit, mich zu Aldi samt Weinabteilung zu kutschieren. Mann! Das war eindeutig zu viel Abhängigkeit auf einmal. Ansonsten lag die Aufmerksamkeit wahlweise auf dem Kind oder auf meinem grün-gelben Hornhautfuß. Leider musste ich dann doch noch zum Arzt, da die Latscherei zum Wasser ihn doch stark strapaziert hatte. Wir hatten mit dem Kugelschreiber eine Linie gezogen und warteten nun darauf, dass jene, in Folge einer Blutvergiftung, überschritten wurde. So hatte „Dreamy" das von ihrem Kinderarzt gelernt. Irgendwann war mir die Warterei doch zu heikel. Gott sei Dank hatte St. Peter einen richtigen Arzt. Er verschrieb mir eine hoch dosierte Creme und Antibiotika für den Notfall. Als ich zu meiner Freundin und ihrem Sohn zurück ins Wartezimmer kam, hatten sich die beiden bereits mit der nächsten Patientin angefreundet. „Sie ist in eine Biene getreten", sagte „Dreamy" erklärend. „Wie gut, dass sie sie nicht verschluckt hat", sagte die Frau weise. Schlimmer geht immer.

Kapitel 7

Wieder zu Hause bekamen die echten Probleme Kontur: Ich hatte in der nächsten Woche meine Voruntersuchung zur Ohr-OP, mein Fernseher war kaputt und ich hatte kein Auto mehr. Großzügig verkündete mein Vater, dass er mir einen neuen Fernseher schenken wolle. Wenn schon kein Auto, dann wenigstens einen Fernseher. Dankbar nahm ich das Angebot an und kaufte den für mich schönsten und optimalsten Fernseher, den Medi Max zu bieten hatte. Inklusive Montage. Herrlich! Nun konnte ich tatsächlich HD gucken und überlegte kurz, ob ich einen Termin beim Augenarzt machen solle. Mein Fuß hatte sich wieder auf Normalmaß zurückgeschrumpft. Ohne Antibiotika. Super. Blieb das vereiterte Ohr. DAS MRT hatte ich ja verkackt. Nun hoffte ich, dass die Ärzte im Krankenhaus auch ohne dieses wichtige Röntgenbild erkannten, was zu tun war. Schließlich war ich im Krankenhaus Privatpatient! Da konnte ich schon was erwarten! Ich kämpfte mich durch die Bürokratie, sprach mit der Anästhesie und wartete gespannt auf den Auftritt des Oberarztes, den man mir empfohlen hatte. Würde er mich tatsächlich persönlich vor der OP in Augen- und Ohrenschein nehmen? Zunächst erschien eine sehr selbstbewusste, junge Ärztin auf der Bildfläche. Sie erklärte mich für OP tauglich, konnte super Blut abnehmen und sprach schon mal aus, was ich immer negierte:

Wahrscheinlich hatte ich wieder ein Cholesteatom. Eine Wucherung im Mittelohr – so wie vor 27 Jahren. Die Erkrankung hatte mich damals mein linkes Gehör und fast das Leben gekostet. Dann kam er. Seines Zeichens stellvertretender Chefarzt und angeblich einer der besten Ohr-Operateure Hamburgs. Ich nannte ihn „Dr. Know".... „Dr. Know" war klein, drahtig und offensichtlich Asiate. Er hatte freundliche Augen, schlechte Zähne und Humor. Das gefiel mir! Er guckte sich das CT an (dieses hatte ich wenigstens noch geschafft), guckte in mein Ohr, saugte daran herum, guckte wieder auf das CT und sagte: „Sie haben wieder ein Cholesteatom und es versteckt sich hinter den Keramik-Platten, die bei der letzten OP eingesetzt worden sind". Ich war baff. Die erste, klare Aussage nach fünf Monaten. Selbst der Professor, der vor 27 Jahren selbst operiert hatte, war nicht darauf gekommen. Er selbst hatte das CT angeordnet und danach verkündet: „Kein Cholesteatom!" What the fuck... Der freundliche Asiate gab mir die Hand und ich fühlte mich gut aufgehoben bei ihm. Er würde es richten. Dessen war ich mir sicher.

Kapitel 8

Zwischen Voruntersuchung und OP lagen drei Tage. Ich fühlte mich wie ein Schaf auf dem Weg zum Schafott. Zudem musste ich auch noch auf mich selbst aufpassen. Soll heißen: Am Abend vor der Operation keinen Alkohol, kein Essen oder Trinken nach Mitternacht. Der Super-GAU war eingetreten, und obwohl meine Freunde und meine Familie Anteil nahmen, war ich schlussendlich ganz allein. „Gott" mailte mir. Er sei ganz bei mir und es würde schon alles gutgehen. Ich überschrieb ihm meine CD-Sammlung und meinen neuen Fernseher für den Fall, dass es nicht gutgehen sollte. Plötzlich funktionierte ich nur noch: Ich bestellte ein Taxi für den nächsten Morgen, schüttete den Rest Wein weg und nahm ein Bad. Dann ging ich mit der „Gala" ins Bett. Bilder angucken. Am nächsten Morgen lief alles nach Plan: 8 Uhr Taxi, 8: 15 Uhr Ankunft Krankenhaus. Mein Zimmer auf der Privatstation war noch nicht frei, so dass ich mit meinen Klamotten direkt in ein Krankenzimmer gehen musste, aus dem man mich dann zur OP abholen würde. Meine Klamotten kamen in einen Müllsack. Stattdessen hüllte ich mich jetzt in das typische OP-Hemdchen: Wie-grün-kariert und hinten offen. Ich teilte das Zimmer mit einer alten Frau, die unregelmäßig röchelte. Mein Gott. War das schon der Vorhof zur Hölle? Ich bekam eine Beruhigungspille und wurde just-in-time in Richtung

OP-Saal geschoben. Dort dokterte ein gutaussehender Jüngling an meiner Hand herum, auf der Suche nach einer Einstichstelle für den Venenkatheder. „Nur dünne Venen", diagnostizierte er. Auf die Frage, was denn eigentlich sein Job sei, antwortete er:" Ich bin hier Praktikant!"

Kapitel 9

Als ich aufwachte, musste ich erst mal furchtbar weinen. Ich konnte mich gar nicht wieder beruhigen. Jetzt war es amtlich. Es war ein Cholesteatom und eine schwere Operation gewesen, und weder mein Super-HNO-Professor noch „Gott" hatten mich davor beschützen können. Keiner von beiden! Ich war so enttäuscht und geschockt, dass ich die gesamte Aufwachphase durchheulen musste. Auf dem Weg zur Station sagte mir der Pfleger, dass ich das schönste Zimmer bekommen würde. Toll. Von allen guten Geistern verlassen, aber das beste Zimmer! Die folgenden dreieinhalb Tage verbrachte ich auf der Komfortstation des Krankenhauses St. Georg in St. Georg. Mit Holzfußboden. Warum auch nicht? – Schließlich war ich Privatpatientin! „Dr. Know" kam am nächsten Tag vorbei und nährte meine schlimmsten Befürchtungen. Es war ein fettes Cholesteatom gewesen, gewachsen über Jahre. Da es sich wegen der Keramik platten nicht nach vorn ausbreiten konnte, war es auf den direkten Weg zum Hirn gewesen. Die Eiterung war durch das Zerfressen des Knochens entstanden. Da Knochen jedoch nicht über Nervenzellen verfügen, hatte ich keine Schmerzen gehabt. Ein leiser Tod. „Dr. Know" bot an, mit mir zum Rauchen nach unten zu fahren. Ich sagte, ich hätte gar keine Fluppen dabei. Der asiatische Oberarzt verschwand und kam mit einer Zigarette in einem Pappbecher wieder. Dann nahmen wir gemeinsam den Fahrstuhl. Ich fragte ihn nach seiner Herkunft. Er erwiderte, er käme aus Afghanistan und hätte in Freiburg studiert. Dann hätte man ihn dort rausgeschmissen und so sei er nach Hamburg gekommen. Für seine „Ausbürgerung aus Baden- Württemberg" hätte er damals 20 Mark bezahlen müssen. Das schmerze ihn noch heute. Ich saß auf einem Stein vor ihm und hörte aufmerksam zu. Er war so bescheiden, so freundlich und nahm sich mehr Zeit für mich, als er musste. Voller Dankbarkeit fragte ich „Dr. Know", ob ich ihn zum Abschied umarmen dürfe. Er ließ es zu und unsere Wege trennten sich. Würde ich ihn je wiedersehen? Mein Herz quoll über für diesen großartigen Mann! Ich hatte nicht das Stockholm-Syndrom – ich hatte das St. Georg-Syndrom.

Kapitel 10

Einen Tag nach der OP besuchte mich mein Vater. Am nächsten meine Mutter. Dann kam niemand mehr. Ich verließ das Krankenhaus drei Tage nach dem schweren Eingriff so wie ich gekommen war Allein, mit dem Taxi. Meine Eltern fuhren an diesem Tag für drei Wochen nach Österreich. „Dreamy" war mit einer anderen Freundin an einer anderen Küste. Eine weitere Freundin hatte gerade ihre Mutter verloren. Der Rest war mit sich selbst oder dem Job beschäftigt. Es folgten drei unfassbar langweilige Wochen der Genesung. Der Altbau, in dem ich wohnte, bekam neue Balkone und die Fassade wurde ebenfalls renoviert. Es war laut und dreckig und zu allem Überfluss wurden auch noch sämtliche Fenster abgeklebt. Ich konnte nicht rausgucken und nicht lüften. Es war der Horror! Nachts kriegte ich kaum Luft und schlief extrem schlecht. Zudem bekam ich überhaupt kein Krankengeld, weil ich freischaffende Autorin war. Für den Sender hatte ich zu wenige Arbeitstage abgerechnet. 31 statt 42. Die Krankenkasse zahlte erst vom 43. Tag an. Ich wurde fett, weil ich keinen Sport machen durfte und depressiv, weil sich niemand so richtig um mich kümmerte. „Gott" hatte mich verärgert. Er hatte mir immer versichert, dass alles in Ordnung sei, und ich bloß eine Drama-Queen. Nun gab ich ihm eine moralische Teilschuld. Das wollte er nicht hören. Zu allem Übel bekam ich Post von meiner privaten Zusatzversicherung: Ich hatte vor elf Jahren einer Ausschlussklausel zugestimmt. Diese betraf „Ohroperationen und Folgen"... Für meinen Aufenthalt als Privatpatientin auf der Privatstation und der OP mit Privatstatus zahlten sie nicht einen Cent! Ich guckte in den Vertrag und war geliefert.

Kapitel 11

Am nächsten Morgen rief ich im Krankenhaus an. Der freundliche Mann von der HNO-Abteilung war am Telefon. Er hatte meine Aufregung schon bei unserem ersten Gespräch zwecks OP-Termin-Absprache kanalisiert und reagierte ausgesprochen schnell und verständnisvoll. Er würde versuchen, dass das Krankenhaus mich nachträglich zurückstufte. Dann würde er sich wieder melden. Nachdem ich aufgelegt hatte, fing ich sofort wieder an zu weinen. Gab es doch noch gute Menschen auf dieser Welt? Menschen, die einem glaubten? In St. Peter hatte man uns nicht mal geglaubt, dass wir die Kurkarte vergessen hatten! Würden mir Ärzte, und ein Wirtschaftsunternehmen wie das privatisierte Krankenhaus St. Georg, jetzt glauben, dass ich vergessen hatte, in meinen Vertrag mit der Zusatzversicherung zu gucken? Das wiederum konnte ich kaum glauben! Der Mann von der Anmeldung rief wieder an: Für mein Einzelzimmer mit Holzfußboden musste ich schon mal keinen Zuschlag zahlen. Jetzt würde er mit den Ärzten der OP sprechen, ob sie auf ihren Privatzuschlag verzichten könnten. Ich dankte ihm sehr, nicht ohne Kritik an diesem ganzen privat-oder-gesetzlich-versicherten-Scheiß zu üben. Der freundliche Herr von der Anmeldung stimmte mir zu und versprach weiterhin sein Bestes zu geben. Ich solle keine Angst mehr haben – es würde Schlimmeres geben. Ich war gerührt und geschüttelt. Wieso setzte sich dieser Fremde so für mich ein? Wir kannten uns nur vom Telefon und ich war eine fiese Privatpatientenkomfortparasitin! Beschämt tigerte ich durch meine abgehängte Wohnung. Sollte ich in die Politik gehen? Kämpfen für ein einheitliches Gesundheitssystem, vernünftige Radwege, Gerechtigkeit? Ich wusste eh nicht, was ich mit dem Rest meines, kleinen Lebens anfangen sollte…Auslandskorrespondenz? Bei meinem Heimweh? Firma gründen ohne finanzielle Mittel? Ich hatte genug Erfahrung mit den Medien und offiziellen Auftritten. Außerdem wirkte ich „freundlich und kompetent", das hatte man mir bei RTL Nord schon schriftlich gegeben – deswegen hatte ich den Job bekommen! Täglich wurde ich mindestens einmal, von Fremden, um Hilfe gebeten. Und ich war unerbittlich, hatte Ausdauer, wenn ich an etwas glaubte. Sollte der unbezahlte Holzfußboden, das Verständnis und das Engagement des Unbekannten am Telefon erneut mein Leben positiv verändern? Schließlich hatte ich „Material"…

Kapitel 12

Ich bekam keine Rechnung. Aber ich musste nach 20 Tagen noch mal hin. Zur Nachuntersuchung. Mit gesenktem Haupt betrat ich das Klinikgelände. Hoffentlich würde ich meinem charismatischen Oberarzt nicht über den Weg laufen. Ich betrat das Gebäude voller Unbehagen. Würden sie mich verachten? Müsste ich extra lange warten? Es passierte…nix. Die Sprechstundenhilfe war freundlich und sagte, es sei nur noch einer vor mir. Dann sah ich ihn: „Dr. Know". Ich vergrub mich hinter meiner Zeitung…Hoffentlich hatte er mich nicht gesehen. Hatten die nicht gesagt, er sei im Urlaub?! Dann kam er. Holte mich persönlich ab. Ich murmelte sowas wie „ich dachte, Sie seien im Urlaub", doch „Dr. Know" brachte mich lächelnd in den Untersuchungsraum. Dort waren wir allein. Keine Schwester, keine weitere Fachärztin. Nur er und ich. Er bat mich, mich auf einer Liege auszustrecken. Unter anderen Voraussetzungen hätte ich das liebend gern…Leider war mir der Spaß am Flirten abhandengekommen. Ich bestand nur noch aus Angst und schlechtem Gewissen. Angst, weil er mir gleich die Tamponade entfernen würde, die seit fast drei Wochen an meinem Trommelfell klebte – Scham, weil ich mich als Privatpatientin in seinen OP geschmuggelt hatte. „Dr. Know" entfernte die Tamponade mit größter Hingabe und Geschick. Stück für Stück fand der vollgeblutete, verkrustete

Mull seinen Weg aus meinem hoch empfindlichen Ohr. Ich spürte nichts. Kein Ziepen, kein Reißen – nichts. Dennoch weinte ich die ganze Zeit. „Dr. Know" schaute mich fragend an. „Es ist nicht Ihretwegen", schniefte ich, „ich weine auch immer beim Zahnarzt! Das entspannt mich…" heulte ich. „Es tut mir so leid, aber ich habe die Ausschlussklausel für die OP vergessen! Ich hab nicht in den Vertag geguckt vorher." „Dr. Know" lächelte immer noch. „Die schließen immer aus, was einem fehlt", sagte er weise. Und: „Das juckt mich überhaupt nicht!". Nun hätte ich ihm glatt ein zweites Mal um den Hals fallen können. Hier stand ein begnadeter Ohr-Operateur vor mir, der noch ein richtiger Arzt war. Ein Arzt aus Überzeugung, nicht wegen des Geldes. Er behandelte mich so vorsichtig und umsichtig, wie ich es mir nur wünschen konnte. Mit aller Zeit der Welt. Hätte dieser freundliche Afghane, mit den freundlichen Augen und den schlechten Zähnen, mich jetzt gefragt, ob ich ihn heiraten würde – ich hätte ja gesagt. Seine gute Seele hatte mein Herz berührt. Wir verabschiedeten uns herzlich. Mein Ohr war auf dem Weg der Besserung. Jetzt konnte ich beruflich endlich neu durchstarten!

Motteneier Teil III

Kapitel 1

Das Durchstarten war gar nicht so einfach. Zum einen heilte mein Ohr immer noch aus - zum anderen wusste ich noch nicht so recht wohin. Ich hatte aufgrund des Finanziellen wieder den Weg zum Sender, in meine Redaktion, gefunden. Aber ich fühlte mich da nicht mehr wohl. Sie wollten, dass ich Beiträge, die zum Gast passten, schneiderte. So hatte ich nie gearbeitet. Ich sah ein Thema – irgendwo auf der Straße oder in der Zeitung – und schlug es vor! Auch aus den aktuellen Nachrichten konnte ich immer mal wieder persönliche Hintergrundgeschichten basteln. Nun war der Gast das ausschlaggebende Kriterium. Damit konnte ich schlecht umgehen. Mehr noch: Damit wollte ich nicht umgehen! Überhaupt ging mir das Fernsehbusiness mehr und mehr auf die Nerven. Früher waren wir verspielter gewesen! Mehr Freiheit, mehr Kreativität, mehr Witz. So manches Thema hatte ich getreu dem Motto von Harald Schmidt „Drehort geht vor Inhalt" vorgeschlagen und erfolgreich realisiert. Jetzt zählte nur noch die Quote – alles wurde optimiert. Das machte mich nicht mehr an. Das Kapitel Fernsehen schien tatsächlich beendet. Und was konnte jetzt kommen? Ich hatte nichts anderes gelernt und einen gehobe-

nen Lebensstandard. Eine großzügige Finanz-
spritze meines Vaters würde mich nur über Wochen
retten…

Kapitel 2

Ich beschloss mir eine andere Sendung zu suchen. Andererseits war ich nicht mehr „heiß", nicht mehr bereit alles zu geben. Konnte das fruchten? Hatte mir die OP nicht gerade gezeigt, etwas Neues, Sinnvolleres mit meinem Leben anzufangen? Neue Träume leben? Ich würde so gern Schreiben! Glossen, Romane, Drehbücher. Und ich hätte so gern einen Hund! Und einen Mann für alle Fälle. Einen für dick und dünn. Den ich bekochen und betüdeln könnte und der mich beschütze. Gegen das Böse dieser Welt. „Gott" fiel mir wieder ein. Er beschütze mich. Und ich liebte ihn. Aber das reichte nicht! Verdammt. Ich war offenen Auges in die größte Sackgasse meines Lebens geschliddert. Der Job machte mir keinen Spaß mehr und der Mann, den ich liebte, wollte mich nicht. Ich vergrub mich zu Hause bei meinen Handwerkern und ertränkte meinen Kummer und meine Zukunftsangst in Wein. Zudem rauchte ich Kette und kochte mir die Seele aus dem Leib. Das Ergebnis war ein Katarrh am Morgen und ein Höchstgewicht auf der Waage.

Kapitel 3

Ich schleppte mich nach wie vor in die Redaktion. Für einen Neuanfang fühlte ich mich nach der OP noch zu schwach. Außerdem galt es, den richtigen Moment zu erwischen. Sowohl bei mir als auch bei den Redakteuren der Sendung für die ich künftig arbeiten wollte. Einen Auftrag hatte ich in meiner zukünftigen Ex-Redaktion noch ergattert; recherchiert und Kontakte geknüpft. Nun wartete ich auf den Rücklauf. Sensible Themen brauchten Zeit. Ich alberte ein wenig mit den freien Kollegen herum und starrte wahlweise auf mein Handy oder den Computer. Nach zwei Stunden Anwesenheit hatte ich keine Lust mehr. Ich hatte kein Burnout – ich hatte ein Boreout, was sich irgendwie gleich anfühlte. Auf dem Weg zu meinem Fahrrad sah ich „Gott". Er saß lässig, mit Sonnenbrille auf der Terrasse des Senders. Ich wollte ihn nicht treffen. Tags zuvor hatte ich eine Hass-mail an ihn geschrieben, weil er alle beschäftigte, nur mich nicht! Gut, vor zwei Jahren – „Gott" hatte inzwischen die Redaktion gewechselt – hatte ich ihm die Zusammenarbeit gekündigt. Er wollte immer vollen Einsatz, redigierte kompromisslos und zahlte schlecht. Nach unserem letzten, größeren Projekt hatte ich die Schnauze voll. Ich sagte ihm das in seinem Büro und knallte die Tür zu. Nicht ohne vorher zu unterstreichen, dass wir uns natürlich privat weiterhin auf dem Wochenmarkt treffen könnten. Aber inzwischen war so viel passiert und ich brauchte das Geld. Die Herausforderung. Ob ich mich beruhigt hätte, wollte „Gott" mit Anspielung auf die Schuldzuweisung bezüglich auf die seinerseits leichte Schulter genommene Ohr-OP wissen. "Nee", sagte ich und ging weiter. Ich wurde das Gefühl nicht los, dass er mir gar nicht wirklich helfen wollte. Er wusste um meine Operation, er wusste, dass ich in den vergangenen sechs Monaten nur eingeschränkt hatte arbeiten können, er wusste, dass ich im Umbruch war, dass meine finanzielle Situation bedrohlich war, er wusste, dass ich zu viel trank. Er machte…nichts. Er ließ sich weiterhin einmal pro Woche von mir auf dem Markt anhimmeln. Das war`s. Ich hatte es so gewollt. Und „Gott" war bezüglich des Jobs extrem nachtragend. Ich begann meine Gefühle für „Gott" infrage zu stellen. Das erste Mal in dreizehn Jahren.

Kapitel 4

Beschützte er mich wirklich? Irgendwie ja und irgendwie nein. Wir hatten regen Verkehr. Mail-Verkehr, wobei zumeist ich den Kontakt suchte. Er antwortete stets am selben Tag. Es waren in der Regel liebevolle, Rat suchende, hilflose Mails meinerseits. „Gott" beantwortete sie meistens in einem Satz. Ein Satz, eine Stunde am Wochenende – das war meine Ration seit Jahren. Ich hatte mich wie ein Häftling damit abgefunden. Früher hatte er sogar noch versucht, mir außerhalb des Senders einen Job zu besorgen. Machte er nicht mehr. Hatte er resigniert? War ich schwer vermittelbar? Manchmal hatte ich das Gefühl, ich war ihm lästig. Wie ein adoptiertes Kind, das sich nicht so entwickelte wie gehofft, welches er aber auch nicht gänzlich im Stich lassen wollte. Mit Liebe oder Achtung hatte das nichts mehr zu tun. Ich musste dem ein Ende setzen. Was wollte ich mit einem 62jährigen, der mich nicht wollte? Der in mir keine erwachsene Frau sah, sondern nur ein Mündel! Es war allerhöchste Zeit!

Kapitel 5

Ich schrieb „Gott" eine Mail, dass ich seine Betreuer-Dienste nicht mehr benötigen würde. Sollte er sich doch ein neues Opfer suchen. Ich hatte ihm mehrfach die Freundschaft gekündigt – war aber immer wieder eingeknickt. Jedes Mal hatte mich danach eine so tiefe Traurigkeit ergriffen, dass ich ganz schnell wieder Kontakt suchte. Nun wollte ich stark bleiben!

Kapitel 6

Meine Stärke hielt genau 24 Stunden. Dann wurde ich wieder schwach und schrieb ihm eine Versöhnungsmail. „Cu tom" war die kryptische, aber für mich zu entschlüsselnde, Antwort. Morgen, Treffen auf dem Markt. Am nächsten Tag machte ich mich hübsch und ...wartete. Ich hatte noch hinterhergeschickt, dass ich von 9:30 Uhr dort sein würde. Gerade, als ich nach fast einer Stunde Wartezeit gehen wollte, kam mir „Gott" entgegen. Ich schenkte ihm einen bösen Blick, sagte etwas von „muss erstmal zur Bank" und ging weiter. Als ich wiederkam hatte er sich bereits bei unserem Kaffeestand eingerichtet. Dieser Mann schien eigentlich immer bestens ohne mich auszukommen. Wir tranken unseren Schwarzen, bei unserem ebenfalls schwarzen Gastgeber und plauderten mit den Anwesenden. Dann gingen wir in die „Stadt" – welche die Einkaufsstraße unseres Viertel meinte. Wie immer sagte „Gott" als wir bei „Douglas" vorbeikamen „Baumarkt für Frauen" und ich lächelte müde. Er war gut drauf und sagte, wir könnten doch noch einen Abstecher zum ersten Weinfest des Jahres in unserem Stadtteil machen. Es war 12:00 Uhr und gegen einen Frühschoppen hatte ich noch nie etwas gehabt. Wir bestellten und „Gott" guckte ernst in der Gegend herum. Er guckte mich nicht an. Flirtete nicht. Andere Männer hätten mich umgarnt, mir Komplimente gemacht. Nicht so

„Gott". Er guckte weiterhin düster. Er würde bald 65 Jahre alt werden, sagte er, ob mir das bewusst sei. „In drei Jahren", entgegnete ich. Und: „Du bist für mich keinen Tag älter als an dem Tag, an dem wir uns das erste Mal getroffen haben." Das war keine Plattitüde, sondern genau das, was ich empfand. Er war damals gerade 50 geworden – ich 32. So what?! Hatten wir uns so verändert? Sicher, das Leben hinterließ immer Spuren. Aber wenn wir zusammen waren, war es wie immer. Wir waren zusammen gealtert – auch wenn „Gott" das anders sah. Seit meiner Ohr-OP war mir die Endlichkeit des Lebens wieder bewusst geworden. Was in drei Jahren sein konnte, interessierte mich nicht. Es konnte jeden Tag vorbei sein. Es gab keine Garantie für ein langes Leben. Und das Alter hatte für die Liebe noch nie eine Rolle gespielt. Würde ich diesen alten Zausel jemals knacken können? Würde er jemals erkennen, dass ich ihm eine liebevolle Ergänzung sein könne? Ich hatte so viel zu bieten! Gut, zurzeit war ich etwas übergewichtig, was mit meiner Ohr-Erkrankung und meiner Einsamkeit zusammenhing. Eine Partnerschaft und ein Hund könnten das ändern! Aber sonst?! Ich war schlagfertig, interessiert, konnte sehr gut kochen, einen Haushalt mühelos schmeißen…und was zweifellos das Wichtigste war: Ich liebte ihn! So wie er war. Wusste ihn zu nehmen. Seine Launen. Seine Arroganz. Seine Unsicherheit. Seine Verletzlichkeit. Seine Sentimentalität. Seine grobe Zärtlichkeit. Seine Fürsorge. All das

hatte ich in den vergangenen 13 Jahren lieben gelernt. Er sah es nicht. Oder, es reichte ihm nicht. Ich
wusste nicht, mit wem er zusammen war. Stets
machte er aus seinem Liebesleben ein Geheimnis.
Als wir uns verabschiedeten, gab ich ihm einen
Kuss auf den Mund. Seine Hand streifte meine
Brust. Absichtlich.

Kapitel 7

Am Montag ging ich brav in die „KITA" wie ich den Sender gern nannte. Hatte ja auch was davon: Meine Freunde waren dort, es gab Mittagessen und wenn ich wollte, konnte ich den ganzen Tag dortbleiben. Nur abholen würde mich niemand. Ein sensibles Thema entpuppte sich als nicht realisierbar: Ich wollte mit dem Bundeswehrkrankenhaus drehen. Im Bundeswehrkrankenhaus. Es sollte um Albträume und deren Behandlung gehen. Die Bundeswehr war - aufgrund ihrer traumatisierten Soldaten – ganz weit vorn auf diesem Gebiet. Nur drehen lassen, wollte sich niemand. Ich telefonierte mich durch alle Dienstgrade: „Bundeswehrkrankenhauswansbekmajorlanski!" oder: „Bundespressestellekoblenzobergefreiterreiter!" Obwohl ich mit meinem gesunden Ohr telefonierte, hatte ich Schwierigkeiten, die Ansagen zu dechiffrieren. Man wollte mir helfen, aber, zumindest in Hamburg, gab es keinen Albtraumpatienten, der vor die Kamera gehen wollte. Nun versuchten sie es in Berlin. Man würde sich melden. Ich wartete und wartete und wartete. Dann hatte ich keinen Bock mehr. Sollte sich die Bundeswehr doch gehackt legen! Wir. Dienen. Deutschland. Bullshit! Mir diente gerade niemand! Seit nunmehr zehn Tagen war ich an der Story dran – ohne Ergebnis! Ich ging nach Hause und machte mir eine Flasche Weißwein auf. Dann ließ ich mir ein Bad ein, prüfte die Temperatur mit dem großen Zeh, als mein Handy klingelte.

Kapitel 8

Es war nicht die Bundeswehr, sondern mein Freund und Lieblingskameramann Christopher. „Jo!", sagte er, „wir brauchen dringend eine Reporterin! Es geht um die Innere Sicherheit!" Die Innere Sicherheit?! Welche Innere Sicherheit? Und was hatte ich damit zu tun? „Hast Du Zeit?! Wir sind in zehn Minuten bei Dir!" Ich hielt das Ganze für einen Scherz. Christopher und sein Ton-Assistent Goran wollten bestimmt nur was mit mir trinken gehen. „Okay", sagte ich. „Bin in zehn Minuten unten." Ich ließ die Wanne Wanne sein, zog mich an und nahm noch einen kräftigen Schluck Wein. Schon wieder eine dreiviertel Flasche. Ging ja immer schnell. Ich ging nach unten und da standen sie schon. Mit dem Teamwagen. Ich stieg ein und sagte: „Wie nett! Ihr lasst Euch auch immer wieder was Neues, Bescheuertes einfallen! Wo fahren wir hin?!" Christopher drehte sich zu mir um: „Das ist kein Scherz, Jo! Wir fahren jetzt zur Innenministerkonferenz und Du musst den Innenminister von Baden-Württemberg interviewen. Es geht um die Innere Sicherheit! Hast Du Deinen Ausweis und Deinen Presseausweis dabei?!" „Logo!", sagte ich und freute mich diebisch über das Theater. Endlich mal kreative Freunde, die sich so richtig was einfallen ließen, um mich zu unterhalten. Süß! Wir fuhren Richtung Elbe. Endlich auch mal ne neue Location! Nicht immer dasselbe. Toll! Der

Teamwagen fuhr in einen, von Hecken geschützten, Innenhof. Eine große, weiße Villa war zu sehen. Diesmal hatten sie sich aber echt Mühe gegeben. Plötzlich sah ich Polizisten mit Maschinenpistolen. Sie wiesen uns einen Parkplatz zu. Christopher ließ das Fenster runter. „SWR", sagte er knapp. „Okay. Ausweise und Presseausweise, bitte!". „Jo? Bitte Deine Ausweise", sagte Christopher ungewöhnlich ernst. Kommentarlos gab ich ihm beide. Dann ging der schwerbewaffnete Polizist wieder und sagte, wir sollen im Auto warten. „Bist Du noch ganz dicht?!" sagte ich zu Christopher. „Ich dachte, das sei ein Scherz!" „Ich habe nie gesagt, dass es ein Scherz sei", sagte Christopher und feixte sich einen. "Wen soll ich denn hier interviewen? Und was soll ich ihn fragen?" Außerdem habe ich schon Wein getrunken…". „Das schaffst Du schon. Du interviewst den Innenminister von Baden-Württemberg. Den Namen habe ich vergessen. Die Fragen kriegst Du. Es geht um die Innere Sicherheit!" Ich traute meinen Augen und Ohren nicht. So besoffen konnte ich nicht sein! Der schwerbewaffnete Polizist kam wieder und sagte, wir können aus dem Auto aussteigen. Wir taten, wie verlangt, nahmen unser Equipment und gingen zur Villa. Es war das Gästehaus des Senats und genauso sah es dort auch aus: Teure Leuchter, roter Teppich, Samtvorhänge. Ich guckte an mir herunter…War ich adäquat angezogen? Ging so. War ich adäquat vorbereitet? Überhaupt nicht! Hatte ich vielleicht eine Fahne? Wahrscheinlich! Ich kramte nach meinen „Fisherman friends".

Christopher und Goran waren derweil beschäftigt, den Ort des Interviews auszuleuchten. Meine Fragen hatte ich immer noch nicht. Mehr noch: Ich wusste eigentlich überhaupt nicht, worum es ging. Innere Sicherheit war ja ein weites Feld und in den vergangenen Wochen hatte ich mich mehr mit meiner eigenen Inneren Sicherheit, respektive Gesundheit, beschäftigt. Irgendwann bekam ich meine Fragen via Christophers Telefon geliefert. Dann kam der Innenminister. Und dann funktionierte ich. Ich lächelte charmant, nahm ihm die Nervosität vor der Kamera, stellte die gewünschten Fragen. Dennoch konnte ich mir nicht verkneifen, noch ein paar persönliche Fragen zu stellen, die natürlich nie gesendet wurden. Ob er persönlich auch Angst hätte, zum Beispiel. Diese Fragen waren meiner dreiviertel Flasche Wein geschuldet. Dann war alles gesagt. Der Innenminister verabschiedete sich freundlich, wir bauten ab und gingen unter strengster Beobachtung zum Auto. „Ihr spinnt echt!", sagte ich zu den Beiden. Auf dem Rückweg bekamen wir einen kollektiven Lachanfall. Wieder zu Hause war ich den beiden doch irgendwie dankbar. Mochte das Badewasser jetzt auch kalt sein – es war auf jeden Fall ein verdammt heißer Abend gewesen!

Kapitel 9

Christopher und Goran arbeiteten für eine Filmproduktionsfirma, die eine neue Ausrichtung brauchte. Der Firmenchef hatte mich schon vor Monaten gefragt, ob ich bei ihm als Producerin und Autorin einsteigen wolle. Wir kannten uns von früher. Von ganz früher...als ich mit Fernsehen noch gar nichts am Hut hatte. Er hatte schon damals eine Produktionsfirma. Während meines Studiums hatte ich eine kurze Liaison mit ihm. So kam es, dass er mich damals mal mit zum Dreh genommen hatte und ich die Fragen, ohne Ahnung worum es eigentlich ging, stellen durfte. So wie jetzt zur Inneren Sicherheit. Dann hatten sich unsere Wege getrennt und zufällig durch Christopher und Goran, die für ihn arbeiteten, wieder getroffen. Aber was sollte ich jetzt mit einer Filmproduktionsfirma?! Mir fielen keine Themen mehr ein und ich hasste es, Redakteuren in den Allerwertesten zu kriechen, um einen Vorschlag zu verkaufen! Dieses müsste ich dann im großen Stil machen. Nee. Nee, nee, nee. Tatsächlich gab es nur noch eine Produktion, die mich wirklich reizte: Sie drehten Geschichten rund um das Meer. Ausland, Frische Themen. Mal raus aus Norddeutschland. Und alles in höchster filmischer und inhaltlicher Qualität. Leider kannte ich niemanden in der Redaktion. Sollte ich „Gott" mal fragen? Ich hatte ihm schon von einer älteren Folge erzählt, die ich während meiner Rekonvaleszenz zufällig gesehen hatte. „Gott" war nicht darauf angesprungen. Weder konnte er meine Begeisterung teilen, noch bot er an, sich für mich einzusetzen. Hatte ich eine Chance? Menschelnde, kleine Geschichten waren eigentlich meine Spezialität. Und ich musste hier mal raus! Ich erstickte in meiner Wohnung, meinem Viertel, dem sehr nahe gelegenen Sender. Auslandsproduktionen, ohne gleich ins Ausland ziehen zu müssen – das war die Lösung! Ich beschloss „Gott" um Hilfe zu bitten.

Kapitel 10

Ich bekam erst mal Post von meiner Schwester. Mit Fotos von der Taufe, auf der ich meine Unabhängigkeit verloren hatte: Mein Auto! Meine Unschuld wäre mir lieber gewesen. Auf einem Bild sah ich aus wie ein Wal. Ein Wal im gemusterten Kleid. Furchtbar! Kein Wunder, dass weder „Gott" noch „Gigolini" mich wollte. War das wirklich ich? Sollte ich so fett geworden sein? Ich zerriss das Foto und rief meine Schwester an: Wie sie mich denn so unvorteilhaft fotografieren könne, lamentierte ich. Das läge im Auge des Betrachters, meinte sie diplomatisch. Und, dass auch die dürre Frau neben mir kürzlich noch zehn Kilo mehr gewogen hätte. Toll. Ich war fett. Und ich wusste genau, wie ich das ändern konnte. Vor sechs Jahren hatte ich 17 Kilo abgenommen, nur weil ich auf Alkohol und ein opulentes Abendbrot verzichtet hatte. Aber genau das ging gerade nicht! Kein Alkohol war auch keine Lösung! Trotzig machte ich mir die erste Weinschorle des Tages. Mein Tritop. Ein Drittel Weißwein – zwei Drittel Wasser. Und am Abend würde ich mir ein leckeres Essen kochen! Soah! Dann würde mich eben keiner mehr lieben. Und fotografieren würde ich mich auch nicht mehr lassen. Leiden und dabei gut aussehen gab es nur im Film!

Kapitel 11

Am nächsten Tag zog ich den Bauch ein und ging zu „Gott". Ich brauchte jetzt definitiv Hilfe von außen. Von ihm. Ich klopfte und trat ungebeten ein. „Gott" saß an seinem Schreibtisch und sagte „Du?!". Das sagte er immer. Selbst wenn wir verabredet waren. Sein Büro lag jetzt in der wichtigsten Etage des Fernsehsenders: Der Chefredaktion. Ich hatte ihn hier schon oft besucht und früher hatte ich mir nie Gedanken gemacht, wo ich mich bewegte. Aber jetzt, wo ich mir so unbedeutend vorkam, fühlte ich mich wie ein Eindringling. Die Persona non grata auf dem Weg zu ihrem obersten Herrn. „Na?", sagt „Gott" und hob den Blick nur kurz von seinem Bildschirm, „was kann ich für Dich tun?". „Hi…ich wollte nur…ich dachte…ich mein!…vielleicht könntest Du…" Herrgott! Warum schüchterte mich dieses verfickte Büro immer so ein?! Ich wusste fast alles über ihn! Fast ALLES! Wir waren auf jeden Fall Freunde. Und hatte seine Hand nicht vor ein paar Tagen meine Brust berührt? Hatte ich ihn nicht geküsst? Schrieb ich ihm nicht täglich, wie es mir ging? „Hör zu, ich weiß jetzt, was ich will. Und wenn das nicht geht, höre ich auf, mit Fernsehen!" „Gott" zog die Augenbraue hoch, schenkte mir erneut einen kurzen Blick, um sich dann gleich wieder seinem Computer zu widmen. „Ich meine es ernst.". Keine Reaktion. „Ich möchte bei „La mer" arbeiten Ich möchte schreiben und bei „La mer" arbeiten!" „Gott" guckte immer noch in seinen PC. Dann rückte er seinen Schreibtischstuhl nach hinten, winkelte beide Beine an, und stellte die Füße auf die Kante des Schreibtisches. In dieser, mir wohl bekannten Froschhaltung, war er zu einem Gespräch bereit: „Mit denen habe ich nix zu tun" sagte „Gott" und guckte betroffen. „Ja, ich wie", entgegnete ich, „aber Du wirst doch jemanden kennen..." „Gott" ging von der Froschhaltung wieder in die Jagdhaltung. Angestrengt starrte er auf die Bildschirmfläche. „Da musst du dich an Reportage und Dokumentation halten", sagte er. „Ja, das weiß ich! Aber ich kenne da keinen!!!" „Gott" guckte kurz mitleidig zu mir herüber." Warum gehst Du nicht nach Schleswig-Holstein? Da suchen sie freie Mitarbeiter!" Ich schenkte ihm noch einen bösen Blick und verließ das Büro. Konnte oder wollte er mich nicht verstehen?

Motteneier Teil IV

Kapitel 1

Ich versuchte es auf eigene Faust. Leider hätten sie genug Autoren war die Antwort. Ohne Beziehungen konnte ich nicht reüssieren, das hatte ich vorher schon geahnt. Deswegen hatte ich „Gott" um Hilfe gebeten. Doch der schien sich ausgeklinkt zu haben. Auf meine humorvollen Mails reagierte er nicht. Ich verschärfte den Ton. „Bin unterwegs und habe praktisch überhaupt keine Zeit bis Montag", kam endlich ein Zeichen. In der Redaktion traf ich auf seine angebliche Ex-Freundin. Sie war eine Kollegin und das genaue Gegenteil von mir: Klein, drahtig, strategisch. Sie machte immer ein großes Gewese um ihre Ernährung und Sport. Trank gern heißes Wasser, stocherte beim Mittagessen in ihrem Salat herum und war Buddhistin. Alles an ihr war halb so groß wie an mir. Sie war nach mir zu dem Sender gekommen und hatte mir meinen Lieblingsmann vor der Nase weggeschnappt. Ich mochte ihren Humor. Hatte was von Ina Müller. Ihre Verlogenheit indes, war mir ein Gräuel. Am Anfang hatte sie noch zu ihrer Beziehung zu „Gott" gestanden. Nicht öffentlich, versteht sich. Nein, sie trafen sich irgendwo konspirativ auf dem Gelände. Und obwohl sie von meinen Gefühlen wusste, hatte sich das kleine Biest anfänglich bei mir ausgeheult.

Er wolle sie heiraten, er sei so manipulativ, so gemein. Ich konnte diese Unsensibilität eigentlich gar nicht wechseln, spielte aber die Verständnisvolle, da „Gott" sich wie immer in Schweigen hüllte. Nach Jahren der On-Off-Beziehung schien es endlich vorbei. Sie sei über ihn hinweg, verkündete die kleine Kröte. Das Gegenteil war der Fall. Jetzt fing auch sie an, mich zu verarschen. Sie seien nur Freunde... Tatsächlich fuhren sie nach wie vor gemeinsam in den Urlaub, auf Nachfrage wurde stets gelogen. So auch jetzt. Die kleine Natter mit den Rehaugen erzählte von ihrem Wunsch fürs Wochenende: Ein Haus am See, mit Steg und Kamin. Das sei es! „Mit Gspusi?", fragte ich. „Wenn`s geht mit Gspusi!", frohlockte der laufende Meter. Jetzt war klar, wer mit wem wo war, und überhaupt keine Zeit hatte! Ich hasste sie gerade wieder Beide. Sie fast noch mehr, weil sie uns Frauen verriet. Aber sie war auch ein bisschen einfältig und stand unter seinem Einfluss. Ich konnte sie fast verstehen. Eigentlich war „Gott" schon lange nicht mehr göttlich. Er brach Frauen reihenweise das Herz mit seiner verbindlich-unverbindlichen Art. War seine Scheidung schuld daran? Angeblich trauerte er seiner Frau immer noch hinterher, obwohl er sie natürlich auch betrogen hatte. Was für ein Arsch. Aber bekanntlich war auch ich ihm die vergangenen 13 Jahre verfallen. Er brauchte eine Lektion und ich wusste auch schon, wie die aussehen würde.

Kapitel 2

Im Grunde schien „Gott" unverwundbar. Aber er hatte eine Nussallergie. Nüsse konnten bei ihm zu Atemstillstand führen. All die Jahre war ich bemüht gewesen, ihm nichts mit Nüssen zu kredenzen. Dinge ändern sich, würde er sagen. Ja. Dinge änderten sich. Oder ändern sich nie. „Gott" tat mir nicht gut. Im Gegenteil. Er ließ mich am langen Arm verhungern. Vielleicht sollte ich hier anfangen, aufzuräumen. Und dann mein Leben wieder selbst in die Hand nehmen.

Kapitel 3

Ich wartete brav, bis er wieder „im Laden" war. Dann verabredete ich mich mit ihm. „10 Uhr Kaff?" – „10 Uhr Kaff bei mir. Einen Schwarzen, bitte!" Sollte er haben. Ich hatte in der Zwischenzeit eine Quelle mit Backzutaten ausfindig gemacht, und eine konzentrierte Nussmischung gefunden, die man im Kaffee weder sah noch schmeckte. Ich tat 10 Tropfen in seinen Kaffee. Dann nahm ich den Lastenaufzug. Eine schwere Last lastete ja auch auf mir. Würde ich gleich den Mann meines Lebens umbringen? Der Aufzug hielt und ich ging durch die Glastür in die Chefredaktion. Das Herz klopfte mir bis zum Hals. Ich klopfte und trat ungebeten ein. „Du?!", sagte „Gott" wie immer. „Hi!", sagte ich und merkte, wie sich erste Schweißperlen auf meiner Nase bildeten. Auch das, an und für sich, nichts Außergewöhnliches. In seiner Gegenwart neigte ich stets zur Transpiration. „Hier ist Dein Kaffee, Schatz!", sagte ich und stellte ihm selbigen auf den Schreibtisch. „Was verschafft mir die Ehre?", fragte er ohne seinen Computer aus dem Auge zu lassen. „Ich wollte mit Dir noch mal über „La mer" reden", sagte ich fahrig. „Gott" betrachtete weiterhin interessiert seinen Bildschirm. Dann schob er seinen Stuhl zurück, ging in die mir vertraute Froschhaltung - beide Beine angewinkelt, Füße auf der Schreibtischkante. Er nahm den ersten Schluck. „Hast Du mit denen geredet?", fragte er und dirigierte die Maus mit dem rechten Fuß. „Ja. Die sind angeblich voll. No chance." Mein Herz klopfte extrem laut. „Gott" nahm den nächsten, tiefen Schluck. „Tja, da kann man nichts…" Weiter kam er nicht. „Gott" fing an zu husten, zu röcheln, kippte aus der Froschstellung vorn über und landete mit dem Gesicht auf dem Schreibtisch. Er rang nach Luft und bedeutete mir, Hilfe zu holen. Ich guckte ihn lange an. Dieser Mann hatte mich 13 Jahre lang verarscht. Sollte ich jetzt tatsächlich Hilfe holen? Na gut. Es war ja nicht alles schlecht gewesen. Er hatte auch seine guten Seiten. „Gott" lief währenddessen blau an. Er zuckte nur noch. Ich ging in das Büro gegenüber und sagte was von Notarzt. Dann nahm ich wieder den Lastenaufzug, und fuhr befreit in die Niederungen des Senders.

Kapitel 4

Und da war ich nun. Jo, vierundvierzig Jahre alt, mit „Material" und ohne eine Redaktion, für die es sich lohnte zu arbeiten. Die mich wollte. Die ich wollte. „Gott" überlebte knapp. Aber ich hatte keine Lust mehr auf Männer ohne Eier. Sie fraßen sich in meine Seele, wie Motten in meine Kleidung. „Motteneier", eben. Doch das Leben hatte noch immer eine Überraschung für mich parat gehalten! Und bei dieser Luft?

Zeitfracht Medien GmbH
Ferdinand-Jühlke-Straße 7
99095 Erfurt, Deutschland
produktsicherheit@kolibri360.de